var

engang

© 2020 – Palle Hyldenbrandt
Forlag: Books on Demand – Hellerup, Danmark
Fremstilling: Books on Demand – Norderstedt, Tyskland
Bogen er fremstillet efter on-Demand-proces
ISBN 978-87-4302-894-9

"Hva' så, lille Pedersen?"

FORORD

Bogen er tilegnet det bedste menneske, jeg nogensinde har kendt.

En klog, gavmild og omsorgsfuld pige, der havde en særlig evne til at kunne læse mig.

Bogens hovedtitel refererer til de 46 år, vi var sammen – den skønne tid, vi var to.

Det er den 3. bog jeg skriver for at ære og mindes min Bodil, der døde d. 23. oktober 2019.

Ved at skrive bøger til og om hende, bliver hun aldrig glemt.

Undertitlen 'Hva' så, lille Pedersen' er et udtryk, som Bodil brugte meget.

'Pedersen' var mit kælenavn.

Hun var inkarneret Fynbo i sprog og sind, men for at give kælenavn og udtryk et tvist, udtalte hun det på Sjææææ-landsk, som om der var dobbelt 'd' i – 'Peddersen'.

Bodil brugte udtrykket, når hun fornemmede, at jeg havde noget jeg ville sige, som jeg syntes var væsentligt eller i situationer, hvor hun ønskede min stillingtagen til noget, hun talte om eller gik og tumlede med.

Andre gange brugte hun det, hvis jeg havde siddet tavs hen i et stykke tid i egne tanker, og hun gerne ville vide, hvad der egentlig foregik i mit hoved.

Det var nu sjældent der egentlig foregik noget væsentligt...!

Det blev sagt i en kærlig tone og med et smil, samtidig med at hun strøg mig gennem håret og så mig dybt i øjnene.

Det er mig helt umuligt at udtrykke, hvor meget jeg savner den berøring i dag.

Så længe efter begriber jeg stadig ikke, at hun ikke er her mere.

Jeg har fortvivlet ventet på at nå til det vendepunkt, hvor jeg – i stedet for at være ked af det hele tiden – kunne begynde at glæde mig over de 46 dejlige år, vi havde sammen

Det fik mig til at overveje, om jeg kunne fremrykke det vendepunkt ved at finde en måde at skrive om alle de år på.

Nu her, primo oktober 2020, hvor bogen nærmer sig sin afslutning, har jeg ikke mærket nogen ændring endnu.

Bogens fortællinger, historierne og anekdoterne, har jeg fundet stor trøst i at skrive.

Det har for det meste været forbundet med glæde at prøve at kalde minderne frem, fordi det virkelig var en skøn og uendelig lykkelig tid.

Jeg har grædt en del undervejs og må igen sande et gammelt ordsprog, der i min udlægning går i retning af,

at man ikke ved, hvad man har, før man mister det...

Det har samtidig været op ad bakke at skrive bogen, fordi min hukommelse er elendig, og jeg derfor har haft rigtig svært ved at huske konkrete begivenheder i det meget lange tidsforløb.

Der har ved gud også været nogle stykker!

Bodil havde en nærmest fotografisk hukommelse mht. navne, personer, begivenheder – alt!

Jeg har i den grad måttet søge hjælp til at genskabe nogle forholdsvis få fakta om vores samliv i 46 år.

Jeg skal nævne, at der blandt de fotos, der er anvendt i mine 3 bøger, er en del gengangere.

Det skyldes, at vi for nogle år siden mistede alle vores digitale fotos i et 'PC-sammenbrud'. Så udvalget har desværre ikke været som ønsket, og billedevalget er ikke udtryk for min manglende fantasi, som nogen sikkert vil mene.

Uheldet skete desværre før, vi var begyndt at gemme fotos i 'Skyen' eller på Google fotos eller på den eksterne harddisk.

Kvaliteten af nogle af de papirfotos, jeg har udvalgt, er af tvivlsom karakter, men jeg har valgt med hjertet, så det er udgangspunktet.

Jeg har bøvlet med de mange fotos, for jeg er ikke rutineret Word bruger. Det har været besværligt at scanne sider, hvor papirfotos er sat fast med elefantsnot! Senere lærte jeg at scanne fotos enkeltvis og placere rundt på siderne...

Men jeg er sgu for doven til at lave siderne med elefantsnot om. Det er blevet som det er, og har mest fået form som collager uden tekst.

Det har været meget svært at vælge, fordi der slet ikke er plads til alle dem, jeg gerne ville have haft med på de små sider.

Især svigerdatter Kit har været flink til at finde fotos af Bodil frem til de første bøger.

I denne bog er næsten alle fotos anbragt samlet i en midtersektion. Det var Mikkels idé at gøre det på den måde. Valg af typografi og opsætning har Sarah hjulpet med. Jesper har altid været klar, hvis pc'en drillede.

Det skal ikke være nogen hemmelighed, at det var en voldsom belastning at skrive og færdiggøre bog 2, fordi jeg i forvejen følte mig mærket af arbejdet med bog 1, der blev skrevet i den første svære tid.

Jeg har samtidig følt det som en mental pragtpræstation, som jeg – ganske udansk - er meget stolt af.

Jeg, en mand på 72, besluttede mig for at skrive en bog om hende, jeg elskede, og det har jeg gennemført – det er sgu da noget!?

At det så endda er blevet til hele 3 vidt forskellige bøger på mindre end 1 år, gør det vel ikke ringere!?

Få dage efter bog 2 var afleveret til forlaget i maj, røg jeg akut på sygehuset med en blodprop i hjernen. Heldigvis var det en af den slags, der passerede...

Sygehuset mente ikke, der var en sammenhæng mellem Bodils død, tiden derefter og blodproppen.

Jeg er selv slet ikke i tvivl om sammenhængen.

Det har slet ikke føltes svært på samme måde at skrive denne bog nr. 3, så jeg forventer ikke en gentagelse af den akutte indlæggelse.

Nu er jeg jo også blevet medicineret i hoved og røv, så det skulle vel hjælpe på det!

Tak til dem der har hjulpet – både mig som person i den svære tid og i forhold til bogen, hjulpet mig med at huske. Især Sarahs hukommelse har jeg 'punket', men Kirsten og Mikkel har også stået for skud!

Der vil være personer, som jeg ikke giver den kredit og omtale i bogen, som de fortjener.

Det er ikke af ond vilje, men fordi bogen jo kun er et lille uddrag af vores samliv, og det jo stadigvæk er min hullede hukommelse, der først og fremmest har været styrende for indholdet.

Og skulle jeg ved en fejl være kommet til at rose nogen undervejs, så undskylder jeg også gerne for det.

Det er min store ambition, at bogen bliver færdig, så den kan sendes til forlaget d. 23. oktober, årsdagen for Bodils død.

MIN blomst

Du er som kornblomsten

jeg holder så meget af

Helt enkel og ligetil

med hovedet kækt på sned

Så naturlig

og dog så kompliceret

og sammensat

Med den sarte blå farve

og de mange blomster

i én og samme blomst

Ni små i en rundkreds

har jeg talt

Så smuk

i farve, form og væsen

og så uendelig let

at holde af

Men dog så forgængelig

som alt det bedste

i livet

Som dig

min elskede skat

DETTE ER

MIN FORTÆLLING

OM

DIG OG MIG

OG

VORES LIV

SAMMEN

1

begyndelsen

Jeg har aldrig slået min kone.

Jeg har en gang kylet mit armbåndsur efter hende i en situation, hvor jeg følte, hun provokerede mig til det.

Det var vist i 1976, og det var i ren afmagt.

Jeg ramte ikke, og det var bestemt heller ikke meningen.

Vi boede på det tidspunkt i Frederiksværk. Vi havde store problemer med vores økonomi, og jeg havde store problemer på arbejde. Begge dele smittede voldsomt af på vores relativt nye samliv.

Vi mødte hinanden i november 1973 og flyttede meget hurtigt sammen. Det klikkede simpelthen på alle måder mellem os. Ingen af os var i tvivl om, at det var det rigtige for os.

Inden vi flyttede sammen, hentede jeg om morgenen Bodil på privaten på Klostervej i den blå Renault 4 van. Mikkel kom i børnehave, og turen gik derefter mod områdekontoret i Vollsmose.

Dvs. inden da havde jeg proppet et stykke tyggegummi i kæften på Bodil. Det skulle bruges til at lappe tanken, der var hul i...

Det var jo ikke holdbart, så den blev snart skiftet til en anden Renault 4, som heller ikke holdt længe.

Den led en brat og voldsom død en morgen på Vollsmose Allé på vej til arbejde.

Herefter overgik vi til at købe nye biler, som kunne holde længere, men blev udskiftet ofte! De tre første nye biler, var alle 2CV'ere. Det var dengang en ny bil kunne erhverves for under 20.000 kr!

Den fælles bopæl blev efter kort tid Bodils lejlighed på Klostervej, hvor hun boede sammen med sin søn Mikkel på 3 år.

Bodils ægteskab var definitivt ophørt mange måneder tidligere.

Vi var aldrig i tvivl om, at vi skulle blive sammen, så Mikkel adopterede jeg i 1976.

Bodil var sekretær for lederen af områdekontor Vollsmose i Odense, hvor jeg kom i praktik som led i min uddannelse som socialrådgiver.

Hun var indfødt Odenseaner og oprindelig sygekasseuddannet, så vores udgangspunkt var noget forskelligt.

Hun var på ingen måde en typisk HK-dame, og vi var lige outrerede begge to og samtidig voldsomme modsætninger.

Hun var en sej tøs! En flot pige med knaldrødt, kruset hår a la Angela Davies, rap at se til og rapkæftet i replikken.

Hun havde en fed smag og samtidig et unikt øje for, hvad der var på vej op i tiden, så tøjet var altid smart.

Det var egenskaber hun bevarede hele livet.

Jeg var langhåret og langskægget iklædt løsthængende murerskjorte og træsko med hælkappe i træ – temmelig hippieagtigt.

De sagde, jeg lignede reserve-Jesus!

Ingen i omgangskredsen gav det forhold en chance og dog holdt det i 46 år.

Bodils forældre, Ellis og Poul, var noget luren ved at få sådan en langhåret Københavner som svigersøn. De havde forståeligt nok også drømt om at have deres datter og barnebarn lidt længere for dem selv efter Bodils skilsmisse.

Vi var en fast del af Odenses natteliv i en meget lang periode.

På de gode dage startede vi som regel på 'Lauritz Betjent' og arbejdede os gennem diverse værtshuse i løbet af natten for til sidst at slutte turneen på morgenværtshuset 'Blomsten' i Kongensgade.

Vi har mange gange præsteret at gå fra 'Blomsten' og direkte på arbejde!

Jeg husker en historie Bodil fortalte, hvor en af hendes kollegaer - på en af de dage - uforvarende kom til at læne sig op af den klap, der var i skranken ind til Bodils skrivebord.

Alene tanken om, at vejen ud til toilettet kunne være spærret, gav hende seriøse opkastningsfornemmelser, så hun måtte hurtigt bede vedkommende om at rykke sig lidt!

Jeg arbejdede ind imellem på det lokale studenterværtshus og spillested 'Hinnerupgård'.

Her overværede vi mange koncerter – nogen gange med Mikkel sovende ude i bilen, når vi ikke havde pasningsmulighed! Vi var dog ude og se til ham på skift mindst hvert 5. minut.

Godt kollegaerne i Børneværnet ikke vidste noget om det!

Han påstår selv, at han har taget varig skade!

Især husker jeg en koncert med et band, som havde en ny sangerinde med. Den koncert talte vi ofte om, når snakken gik om den første tid i vores forhold.

Hun var 17 år gammel og skæv af tjald!

Men hun sang allerede dengang som en drøm.

Hun hed Sanne Salomonsen...

2

praktikken som bragte os sammen

Mit praktikforhold i Odense kommune, Vollsmose områdekontor var specielt.

Området var usædvanligt, for den temmelig nye Vollsmose bebyggelse havde en voldsom overrepræsentation af udlændinge og personer på overførselsindkomst. Det var en stor genhusningsbebyggelse for folk, der havde mistet deres bolig af forskellige grunde andre steder i kommunen.

Der var udlændinge, der holdt høns i køkkenskabene. De var vant til at holde fjerkræ der, hvor de kom fra, og der var jo ingen andre steder at gøre af hønsene.

Der var hyppige tilfælde af hærværk i lejlighederne og på bebyggelsens udearealer.

Udsættelsesforretninger var ikke sjældne. En af de mere spektakulære var jeg med til. Der var bl.a. skudt med riffel gennem termoruderne i stuen – indefra!

Jo, der skete sgu lidt af hvert!

Det var første og eneste gang, at en praktikant var tilknyttet en leder og derfor deltog i chefmøderne på alle områdekontorerne.

Her fik jeg en unik indsigt i det overordnede og koordinerede samarbejde på tværs i Odense kommune, men fik bestemt også indsigt i de enkelte chefers holdninger og mindre flatterende sider – og dem var der en del af.

Det fik desværre den negative effekt, at jeg ikke kunne få ansættelse i Odense kommune, da jeg i 1975 afsluttede min uddannelse.

Jeg fik ad omveje at vide, at ingen af områdelederne ville ansætte en person, der havde et så indgående kendskab til de enkelte områdekontorers ledere!

Der var samtidig bestemt ikke ret mange socialrådgiverstillinger at søge i de fynske landkommuner på det tidspunkt, så Bodil og jeg blev enige om, at det da kunne være spændende at arbejde i en anden landsdel i et par års tid…

Og skulle det være, så var tidspunktet nok det rigtige – også i forhold til Mikkel - selv om fruen var gået hen og blevet gravid!

Det blev ikke Jylland, men det nordlige Sjælland!

Og 2-3 år endte med at blive til 11...!

3

Frederiksværk

Jeg fik job i Frederikssund kommune, der dengang mere lignede en landkommune end en forstad til København.

Det var som sagsbehandler i socialforvaltningen, allerede fra 1/7, en uge efter afsluttet uddannelse.

Boligen fandt vi i Frederiksværk, hvor priserne både på leje- og ejerboliger var lavere end i Frederikssund.

Vi havde ikke meget tid til at finde noget. Vi var en ung familie med Mikkel som 1. barn og Bodil, der var meget gravid og på vej med nummer 2.

Sarah blev født i september.

Jeg var ikke helt ukendt med området, idet min farfar havde været bogholder på Hærens Krudtværk i Frederiksværk i sin tid. Han boede i Nørregade, hvor der senere blev lagt det grimmeste indkøbscenter. Jeg kom jævnligt forbi ham på vej til mine forældres sommerhus og fik min blankpolerede 2 krone forærende hver gang...

Sommerhuset havde min far bygget i 1948 i St. Karlsminde tæt ved Lynæs / Hundested.

Nå, vi kunne jo hurtigt scanne området og finde ud af, at de lejeboliger, der var til rådighed, bestemt ikke var særlig interessante.

Så boligmæssigt satsede vi og købte et helt nybygget rækkehus, der sammen med 4-5 andre af slagsen blev solgt via mægler efter, at Kreditforeningen havde overtaget dem efter en tvangsauktion. Huslejen lå bestemt over, hvad vi med vores økonomi burde have råd til!

Det var et godt køb, som vi straks overtog, om end med lidt nervøse trækninger, da vi jo begge kendte vores økonomiske formåen! Men vi var slet ikke i tvivl om, at det var det rigtigste valg i den yderst pressede situation, vi var i.

På daværende tidspunkt fyldte mine studielån en A4-side, som bilag til selvangivelsen. Min løn var begyndelseslønnen og Bodil var gået fra en rigtig fornuftig løn til barsels dagpenge.

Vi havde været nødt til at låne penge i banken både til udbetaling på huset og en bil. Bodils morforældre havde tilbudt at kautionere.

Morfar havde aldrig villet kautionere for nogen før – ikke en gang sin søn! Det var en god hjælp for os at låne med gode kautionister, men det gjorde som sådan ikke økonomien mere solid.

Samtidig skete det barokke, at jeg havde presset ejendomsmægleren på pris og overtagelsesvilkår så meget, at han truede med at rejse sag mod os! Han havde tilsyneladende overskredet det mandat, han havde fra Kreditforeningen!

Jeg skrev til Direktionen for Kreditforeningen og beskrev den pressede situation, vi var i som ny tilflyttere, ung børnefamilie, hvor konen var meget højgravid.

Samme dag, som min mor fra København og Bodils forældre fra Odense var på det første besøg i det fremmede, kom den befriende opringning fra direktøren i Kreditforeningen. Vi skulle naturligvis have huset på de vilkår, der var aftalt med ejendomsmægleren.

Det gav lidt luft og en frisk brise til især Bodil, der døjede meget som højgravid i den varmeste sommer i mands minde.

Det første års tid havde vi ikke salt til et æg. Vi var fattige, hvis man kan tillade sig at sige det, når man har hus og bil! Der var ikke råd til grøntsager og finere madlavning! Ofte fik vi frugtsuppe kogt på frugtsaft med arme riddere – eller kludesuppe lavet på hvidkål og røget medister.

Der var ingen penge til tøj til ungerne. Når de fik nyt var det sponsoreret af min mor eller Bodils forældre.

Jeg husker, at da vi skulle fejre Sarahs første fødselsdag i slutningen af september 1976, måtte vi låne penge af mine svigerforældre 1 uge før fødselsdagen for at klare os, indtil vi fik løn.

Jeg var fortsat på begyndelsesløn og Bodil var overgået til understøttelse, men det gav ingen bedring i økonomien. Bodil fandt heldigvis relativ hurtigt et vikariat på pensionskontoret i Frederiksværk og senere job som medhjælper i en børnehave.

Hun fortsatte med at arbejde i daginstitution i alle årene derefter, indtil hun gik på efterløn i 2010!

4

kort om tiden før vi

Jeg havde i nogle år været lettere politisk interesseret og engageret på min egen stille facon.

Jeg startede på Københavns Universitet i 1968 lige efter studenteroprørets begyndelse.

Jeg gik før da på 2-årigt studenterkursus fra 1966 og oplevede det gryende oprør med uroligheder i Paris på en studietur tidligt på året 1968.

Turen til Paris var arrangeret af fransklæreren på mit studenterkursus. Vagn var DTP'er og havde været medlem af partiets hovedbestyrelse, men prædikede ikke politik i undervisningssituationen.

Han var en glimrende underviser og på det ene år jeg havde fransk, blev min interesse for fransk, Frankrig og franskmænd grundlagt. En interesse, der senere bl.a. førte til et utal af ferier i Frankrig.

Det var en meget uvant oplevelse at være vidne til uroligheder, så det var svært at gennemskue eller forstå, hvad der egentlig foregik!

Jeg var bestemt ikke fremme i skoene rent politisk, men nøjedes med at sælge bøger på universitetet for et socialistisk forlag. Salget foregik fra det institut, jeg var tilknyttet.

På det tidspunkt holdt også jeg bladet 'Fakta om Sovjetunionen' over en periode på flere år – nok mest fordi det var gratis, for bladet som sådan var noget værre skod.

Jeg husker tydelige og mystiske klik i telefonen fra den år lange periode, jeg var abonnent. Jeg følte mig overbevist om, at vores telefon blev aflyttet. Andre abonnenter, jeg kendte, havde nemlig den samme fornemmelse.

Jeg påbegyndte flere uddannelser på universitetet uden rigtig at gennemføre noget. Samtidig tjente jeg rigtig gode penge ved siden af min SU ved at arbejde på treholdsskift på Carlsberg i lange perioder.

Det var på alle måder en vild, vild tid, hvor alt var muligt, og alt var tilladt, og penge var der nok af, for samtidig tog jeg alle de studielån, jeg kom i nærheden af…

Jeg endte dog med at blive en smule træt af det vilde liv og især træt af universitetsmiljøet, som jeg forlod med nogle deleksaminer i kultursociologi.

Jeg sadlede om. Jeg ville have en uddannelse, jeg formåede at afslutte og havde fået stor interesse for socialrådgiverfaget, som der generelt var stigende interesse for på det tidspunkt.

Alle pladser var optaget i København, men der var ledige pladser i Odense, så der flyttede jeg over i 1972, hvor jeg senere i november 1973 mødte mit livs store kærlighed.

Jeg flyttede ikke alene, for jeg var på det tidspunkt i et årelangt forhold og vi havde i 1972 fået en søn. Det forhold brød jeg, da jeg hovedkulds faldt for Bodil. Det brud skete på en måde, jeg bestemt ikke tænker tilbage på med stolthed.

5

tiden i det fremmede

Tilbage til tilværelsen i Frederiksværk og 1975.
Sarah blev født i september det år, og i november gik vi på Rådhuset og blev gift.

Det var lykkedes mig at overtale Bodil, idet jeg argumenterede for, at der var skattemæssige fordele forbundet med det! Jeg husker ikke, om det var sandt, men gift med min dejlige tøs blev jeg i hvert fald!

Til brylluppet deltog kun ungerne og vidnerne var nogle gamle venner af Bodil, Henning og Anita, som hun kendte fra Odense. De boede i Annisse ved Helsinge, hvor vi ofte besøgte dem.

Det var ikke et bryllup præget af skrud og stor romantik, men vi var dog ude at spise!

På mit arbejde var min fagpolitiske interesse og mit engagement stigende, og da der efterhånden var kommet flere socialrådgivere i Frederikssund kommune, dannede vi den første klub uden for København, og jeg blev tillidsmand.

Vores tilstedeværelse var bestemt ikke lige velset blandt alle HK-kollegaer i forvaltningen. Det var meget forståeligt, for vi tog i nogen udstrækning de jobs, der ellers ville være forbeholdt de HK'ere, der efteruddannede sig til socialformidler.

Jeg var stadig forholdsvis langhåret og langskægget og havde aldrig ejet et slips, og mange af mine kollegaer faldt også helt ved siden af, hvad der dengang var gængs i Frederikssund kommune – eller i hvilken som helst kommune udenfor København og Århus.

Jeg kom fra et universitets- og studiemiljø, hvor alt var tilladt og havde visse tilpasningsvanskeligheder i rollen som lønmodtager i en mindre kommune.

Ved typografstrejken i 1977 startede jeg en indsamling på arbejdspladsen til støtte for typograferne. Svigerfar var typograf i Odense, så hvad kunne være mere nærliggende!?

På min indsamling rundt i forvaltningen opsøgte jeg – som det naturligste i verden – da også både socialinspektør og kommunaldirektør. Begge var vist noget forundrede, og jeg er ikke sikker på, at nogen af dem gav et bidrag til typografernes strejkekasse…

Jeg blev efterfølgende opsøgt af HK's fællestillidsmand, der i klare vendinger lod mig forstå, at hvis jeg fortsat fremturede på den måde i arbejdstiden, så ville han personligt sørge for, at jeg blev fyret. Jeg tror, han var sendt i byen af ledelsen…

Det var noget af en melding at give til en temmelig grøn socialrådgiver, der i sin naivitet ikke følte, at han havde gjort noget forkert.

Af uforståelige grunde havde fællestillidsmanden vist aldrig brudt sig om mig fra første dag. Han brød sig i det hele taget ikke om socialrådgivere i almindelighed.

Jeg husker klart, at alvoren i min – og dermed familiens – situation pludselig gik op for mig!

Jeg var jo blevet hovedforsørger med kone og 2 små børn. Økonomien var fortsat anstrengt.

Hele vores lille familie var pludselig truet på eksistensen!

Det var ikke truslen fra fællestillidsmanden, der gjorde udslaget. Det var det helt utænkelige, at jeg kunne stå i en situation, hvor jeg var arbejdsløs!

Jeg var ikke længere fuglefri og fremmed og kunne gøre, som jeg altid havde gjort, nemlig som det passede mig. Jeg skulle være en ansvarlig familiefar.

Bodil - for sin del - følte på nøjagtig samme måde.

Det var et wakeup-call af dimensioner, som gav os mange og lange snakke på hjemmefronten!

Vi var rørende enige om, hvordan vi var nødt til at agere i den kommende tid.

Ansvaret som forældre med 2 børn betød, at jobbene og indtægterne skulle prioriteres og bevares for enhver pris. Der var ikke råd til, at en af os stod uden job.

Efter et års tid i Frederiksværk begyndte jeg systematisk at søge stillinger, der kunne bringe os tilbage i nærheden af Odense. Der var ikke mange at søge, og det var lige nedslående hver gang – især for Bodil – når afslaget kom.

Hun havde svært ved at takle de nedture, der kom med afslagene, som jo betød, at der ikke var nogen udsigt til, at en flytning ville være nært forestående.

Efter et par år i Frederiksværk kom vi frem til, at vi var tvunget til at vænne os til tanken om, at der ikke lige nu var udsigt til, at vi kunne vende tilbage til Fyn eller Trekantområdet.

Vi var nødt til helt at droppe tanken i en periode, stoppe ansøgningerne og satse på at få det bedste ud af den tid, vi nu skulle bo her.

Det var afgørende for os, at familien skulle bestå – vi **skulle** holde sammen - det ønskede vi begge for alt i verden.

Vi havde begge brudte forhold bag os og syntes begge, at vi i vores tidligere forhold havde haft affærer nok til højre og venstre. De kunne på ingen måde måle sig med det, vi havde skabt sammen!

På et tidligt tidspunkt i vores snakke bad jeg Bodil om lov til at adoptere Mikkel.

Det var bestemt ikke noget Bodil selv havde berørt, men hun blev oprigtigt glad, så den proces blev meget hurtigt igangsat og kom endeligt på plads i 1976.

Det var helt klart på Bodils initiativ, at familiens sammenhold blev styrket og vores økonomiske masterplan og målsætning blev skabt.

Hun var klart den klogeste sf os.

Allerede dengang aftalte vi, at vi skulle love hinanden, at vi aldrig nogensinde igen ville komme i den situation, at vi manglede penge til tøj og ordentlig mad til børnene – og os selv.

Det havde været en utrolig nedværdigende oplevelse ikke at have nok penge i flere uger ad gangen – men bestemt også meget lærerigt.

Det er helt sikkert nogle af de klogeste beslutninger, vi har taget i vores lange samliv – og de blev efterlevet!

Jeg blev voksen på de godt 3 år, vi boede i Frederiksværk, og blev endelig en ligeværdig partner til en meget mere moden Bodil.

Endelig fik jeg lært at tage ansvar for andre end mig selv.

Ligeværdigheden som ægtefæller og forskelligheden som personer, tror jeg var hemmeligheden i vores lange samliv.

Uden at det på nogen måde var aftalt, blev vores rollefordeling sådan, at Bodil holdt styr på familien og jeg holdt styr på økonomien.

Og sådan forblev det resten af vores tid sammen!

6

en ny begyndelse

Masterplanen og de øvrige kloge beslutninger indebar jo ikke, at der ikke skulle ske nogen ændringer!

På ingen måde!

Vi havde allerede den gang alt for meget krudt i røven, så der var ingen fare for, at vi blot ville falde hen.

Økonomien var efterhånden stabil. Huspriserne steg – også i dette udkantsområde – og jeg landede et spændende job i nærområdet, der betød flere penge og en helt anden måde at arbejde på.

Jeg regnede senere ud, at i de tre år, vi havde rækkehuset i Frederiksværk, var det steget i værdi med 5.000 kr om måneden. Det var rigtig mange penge i 1978. Selv om priserne i Hundested også var steget en del, så gjorde vi en særdeles god handel.

Jobbet lå endnu længere væk fra civilisationen, nemlig nogle kilometer vestpå på Behandlingshjemmet Sølager tæt ved Hundested.

Da Bodil samtidig mente, at hendes udfoldelses- og indretningsmuligheder i det 101 m2 store rækkehus i 2 plan var mere end udtømte, så besluttede vi os for at købe nyt hus nogle måneder efter mit jobskifte!

Det var en ændring, vi havde behov for på det tidspunkt, hvor det stod klart, at der ikke var jobmuligheder i nærheden af Odense.

I den forbindelse gjorde vi noget, vi aldrig ville have nerver til at gøre igen!

Vi annoncerede selv rækkehuset til salg.

Vi forhandlede selv med køber.

Vi udarbejdede samtlige papirer i forbindelse med handlen.

Vi foretog de fornødne tinglysninger af skøde mv.

Den dag køber skulle skrive under, aftalte vi de sidste detaljer med ham, og vi sendte køber og hans bisidder på Frederiksværk Hotel til kaffe med kage på vores regning.

I mellemtiden knoklede Bodil og jeg med nerverne udenpå tøjet med at få renskrevet og kopieret den færdige udgave af salgsaftalen – vel vidende, at vi jo ikke anede, om køber kom retur fra kaffen eller sprang fra handlen i 11. time...

Heldigvis dukkede han op igen, og handlen blev indgået. Jeg frygtede længe efter, at handlen kunne annulleres på grund af en eller anden teknikalitet, jeg havde glemt eller overset, men det skete heldigvis ikke.

Vi havde fundet et dejligt og velholdt nyere etplans Trelleborg træhus i Hundested, et vinkelhus på godt 160 m2 med udsigt til skoven på den anden side af vejen og blot 200 meter fra skolen.

Det var vild luksus i forhold til 101 m2 rækkehus i Frederiksværk.

Det var et bolig- og jobskifte, der gjorde os alle godt!

Samme uge vi var flyttet ind, gik Bodil tværs over gaden til den lokale daginstitution, hvor der både var børnehave og vuggestue og spurgte, om de ikke havde brug for en vikar.

Hun blev ansat på stedet og arbejdede der, alle de godt 8 år, vi boede i Hundested.

7

tilværelsen i Hundested

De første år i Hundested var gode for familien. Trods savnet efter sine forældre, kom der ro over Bodil, og det smittede af på alle vi andre.

Dette til trods for, at Hundested var et hul at bo i for os storbymennesker. Der var nu endnu længere til spændende forretninger, kulturarrangementer og oplevelser i det hele taget.

Rækkehuset i Frederiksværk, omgivelserne og naboerne dér havde ikke været nogen spændende oplevelse. Der trivedes vi ikke specielt godt.

Men vi fik nogle gode venner i Frederiksværk i form af Jette og Manne. De er stadig venner.

Vi var lykkelige for vores nye vinkelhus, og vi faldt godt til.

Børnene fandt hurtigt nogen at være sammen med, og begge blev passet på Bodils arbejdsplads, hvor der både var vuggestue og børnehave. Sarah kom i børnehaven hele dagen og Mikkel kom forbi efter skoletid.

På alle måder var det godt for Bodil at få fast job og en masse ny kollegaer, og jeg kunne glæde mig over, at mit nye job var meget anderledes og spændende.

Vi havde fået nogle gode naboer, så vi trivedes kort og godt alle sammen.

Det lille samfund var dog specielt at lande i!

Man skulle ikke fortælle noget, man ikke ønskede at høre igen. Sladderen var godartet, men meget udbredt. Alle vidste alt om alle, og alle havde øgenavne.

Da Mikkel blev meldt i skole, vidste sekretæren allerede, at det var os, der boede ned på hjørnet i huset med de røde rullegardiner!

Jeg husker, at vores gode naboer Simon og Birte fortalte historien om, at ingen af de indfødte gik til den nærliggende tandlæge om mandagen, for han drak i weekenden og havde derfor mandolinfeber!

Mit ny job på Sølager var anderledes spændende end at arbejde i en primærkommune.

Institutionen var godt nok amtskommunal, men der var befriende langt til det politiske niveau og forvaltningsledelsen. Den virkede autonom, er nok det nærmeste jeg kan komme det.

Jobindholdet var udfordrende og indholdsrigt. Jeg stod for visitationen af de unge 15 – 18-årige med massive vanskeligheder til de 3-4 bo-afdelinger og 2 lukkede afdelinger.

Jeg havde primær kontakt til de kommunale sagsbehandlere. Jeg var journalansvarlig og den, der fandt praktikpladser.

Institutionen havde egentlige produktionsværksteder, snedkerværksted, smedeværksted, landbrug og det gode skib 'Emanuel'! Alt, hvad der produceredes af varer, blev solgt.

En del elever ville ud at sejle efter en tid med 'Emanuel'. Til dem lavede jeg aftaler med skipperne på diverse coastere i Frederiksværk Havn.

På et senere tidspunkt blev institutionens tilbudsliste udvidet, idet Ole, psykologen og jeg kørte landet tyndt og lavede godkendelser af plejefamilier, som et antal af vores unge blev udsluset til. Familierne var som regel nogen, vi selv fandt frem til.

Plejefamilierne lå på Ærø, i Bogense og Fjerritslev, kort sagt spredt ud over hele landet. Tilsynet med de unge stod vi selv for.

Jo, det var en driftig institution og som regel en spændende arbejdsplads.

Jeg havde en del rejseaktivitet med Ole, psykologen og var væk i mange timer, men Bodil havde overskuddet, så det gav ikke problemer. Vi havde efterhånden også mange gode venner i området, som der kunne trækkes på, så hun følte sig aldrig alene eller utryg, selv om hun sad tilbage med ansvaret for børnene.

Jeg kan i øvrigt ikke erindre, at damen på noget tidspunkt i vores forhold har følt sig alene eller utryg. Det havde hun slet ikke tid til at overveje. Hun var altid i gang med et eller andet projekt!

8

vennerne på Sjælland

Der var gang i den i de år i Hundested

Vi havde Jette og Manne i Frederiksværk, Eva og Frede i Frederikssund, Henning og Anita i Annisse, naboerne Simon og Birte og Henning og Helle i Nykøbing - samt nogle af Bodils og mine øvrige kollegaer, hvis det stod sløjt til.

Henning var Bodils morbror, men kun få år ældre end os.

For alle vennerne gjaldt, at vi besøgte hinanden på skift – det var slet ikke så formelt – man dumpede bare ind, og ofte blev sådan et tilfældigt sammenrend, hvor man delte den mad, man hver især havde i køleskabet, døbt om til en fest!

Vi sad ofte i haven og spiste frokost og råbte for sjov på smørret, rejerne, laksen, roastbeefen osv. I virkeligheden var det leverpostej, spegepølse og plantemargarine, vi spiste – og alle varerne havde label med 'tilbud'.

Ud over de sporadiske sammenkomster var der alle de organiserede, planlagte fester!

Der var utallige episoder fra den periode af vores liv, nogle har fæstnet sig mere end andre i hukommelsen.

Naboerne Simon og Birte havde 'organiske' grøntsager, som det hed på de tider – og høns. Så når vi var til en af de mange frokoster i deres have, så kylede vi alle madrester over skulderen, så de landede i køkkenhaven, hvor enten hønsene åd dem, eller de rådnede op og gødede jorden.

Jeg husker, vi længe drillede Simon med de snore, han havde trukket i hele husgavlen fra sternbrædderne og ned. Der skulle gro organiske bønner hele vejen op til gavltrekanten i det 2-etagers hus – mange meter oppe.

Drillerierne forstummede hurtigt, for han vidste i modsætning til os, hvad han havde med at gøre! De groede ikke alene hele vejen op, men også halvvejs ned igen!

Han havde også en Lynæs-jolle, som vi fiskede fra eller sejlede i til Rørvig. Nogen gange havde vi måske fået lidt rigeligt, så vi kom på tværs af Rørvigfærgens sejlrute! Så fik vi nogle ordentlige trut, så vi kunne flytte os.

Eva og Frede var nok 10 år ældre end Bodil og jeg, men det mærkede vi intet til. Hun var min kollega og Frede var leder af et fritidshjem.

Vores børn elskede at komme der, fordi de fik den fulde opmærksomhed fra dem begge.

Frede og jeg var lige trætte af den tids vattede og inkonsekvente børneopdragelse, som vi kaldte det. Vi fik dog aldrig skrevet den bog om konsekvens-pædagogik, vi drøftede indgående, men vi fik lavet en masse 3-ugers vin sammen.

Den smagte ad helvede til, men efter 2 glas troede man, at vinen skulle smage sådan, så bare den var kold, så gik det.

Intet af det nåede nogensinde at komme på flaske! Vi tappede på kander direkte fra ballonen!

Vi fik spillet en masse kort og kinaskak, og startgebyret røg i en fælles kasse. Da vi nåede 1000 kr. lavede vi en fælles tur til København og spiste på "Kong Hans" – gourmet restaurant nr. 1 på den tid.

Efter utallige retter med ingenting og dertil hørende vine og 1000 kr. fattigere, gik turen til Tivoli, hvor vi alle kastede os sultne over en hotdog.

Jette og Manne er venner den dag i dag. De har en søn Rasmus, som er et par år yngre end Sarah.

I Frederiksværk var Manne maskinmester på Stålvalseværket, og Jette ansat som pædagog på sygehuset i Hillerød. De var de første nye, vi lærte at kende, da vi var flyttet fra Odense til Frederiksværk, og de boede i samme rækkehusbebyggelse som vi.

Det var af stor betydning, at vi meget hurtigt fik så gode venner tæt på.

Dem var vi rigtig meget sammen med til mad i hverdagen og Mikkel havde et sted, der var nogen hjemme, hvis vi ikke lige var der.

Jette var en god hjælp for Bodil efter Sarah var født i september 1975.

Henning og Helle trak vi meget på i starten, hvor alt var nyt for os. De boede fast i et sommerhus nær Nykøbing, en smuk egn, som vi kørte en del rundt i. Der var altid fest og glade dage, når vi var på besøg.

På en af de fælles ture var vi med Rørvig-færgen, hvor det store opholdsrum var under dæk. Vi havde haft lidt forsyninger med på turen, og snakken gik livligt.

Da vi mente at nu var sejlturen slut, gik vi op på dækket, hvor vi fandt ud af, at vi havde taget turen t/r 2 gange uden at opdage det!

Henning og Anita var Bodils venner fra Odense.

Han var det rige bekendtskab blandt vennerne – ansat i en høj stilling i tidens mest velrenommerede konsulentfirma T Bak Jensen. Han var headhunter, som det hed. Anita var den smilende hjemmegående hustru, der var ekspert i at pleje Hennings forretningsforbindelser.

Henning startede senere sit eget firma, som gik rigtig godt i mange år.

Vi drak altid Champagne i køkkenet, når vi kom på besøg. De var på ingen måde fine på den. Det var rare mennesker.

Vi drak Champagne, fordi vi kunne...

En god vane, vi fortsatte med, efter de senere var flyttet i hus i en forstad til Paris.

9

tilbage igen?

Sådan gik de sorgløse år i den sorgløse alder.

På et tidspunkt besluttede vi, at der skulle ske noget andet.

Årsagerne var mange – et sammensurium, der pludselig fik os til at se, at nu var det tid.

Jeg var ikke svær at få med på tanken. Jeg havde i lang tid følt, at jeg virkelig skyldte Bodil for årene på Sjælland. Nu var det tid til igen at satse på, at hendes største ønske kunne opfyldes.

Bodil talte om sine forældre, at hun gerne ville tilbage i nærheden af dem inden, de blev for gamle.

Ungerne skulle jo også have en chance for at etablere sig der, hvor vi flyttede hen – både skole- og vennemæssigt.

Jette og Manne var flyttet tilbage til Odense i 1980.

Frede var pludselig død af et hjerteslag.

Henning og Anita var flyttet til Paris.

Jo, der var mange faktorer, der sammenlagt pegede i én bestemt retning.

Mit arbejde var bestemt heller ikke ligeså spændende som i de første år. Der var skiftet ud i ledelsen, og forstanderen var svækket efter gentagne personlige tragedier.

Samtidig var jeg jo ikke grøn længere. Jeg var en erfaren og alsidig socialrådgiver, og antallet af ansatte socialrådgivere i kommunerne var jo steget hen over årene...

Med Bodil som førsteassistent begyndte vi i fællesskab at scanne jobannoncerne, for at finde det rette job i den rette geografi – og missionen lykkedes heldigvis forbavsende hurtigt!

Drømmene blev opfyldt...

11 år på Sjælland var slut!

Der var bid i Horsens!

Mere herom senere...

10

forældre og familie

Jeg skylder især vores respektive forældre et særskilt afsnit.

Min søde, søde mor var på alle måder et givende og godt menneske.

Min far, som døde i 1978, havde nogle år forinden forladt min mor til fordel for et frygteligt kvindemenneske efter et ægteskab, der havde varet i en menneskealder.

Det var synd for min mor, at det ikke var sket noget før. Det havde hun fortjent.

Jeg har hele mit liv stræbt efter ikke at komme til at ligne ham i sind og væsen og synes selv, jeg er lykkedes ok med det.
Jeg har ikke meget godt at sige om ham, så nok om ham.

Min mor havde således klaret sig selv i en del år, inden min far døde og gjorde det fremdeles, indtil hun døde i en alder af 98 år i 2009. Hun kom med årene mere og mere til at ligne min mormor, der var en meget selvstændig kvinde.

Min mor var et dejligt menneske.

I de 11 år på Sjælland var min mor en hyppig gæst, og vi var ligeledes meget på besøg hos hende på Frederiksberg, hvor især Bodil benyttede lejligheden til ture rundt i butikkerne på og omkring Strøget.

Min mor var den type menneske, der kunne forære sin bare væk i godhed, så det gjorde hun. Hun ville meget hellere give gaver end at modtage. Det har jeg heldigvis arvet en snert af.

Hun elskede sin ny svigerdatter betingelsesløst fra det første sekund, hun så hende.

Bodils forældre, Ellis og Poul var temmelig luren ved mig i starten, men accepterede efterhånden deres datters valg. Der var dog et forståeligt, voldsomt tilbageslag i sympatien, da jeg bortførte deres eneste barn og barnebarn til Sjælland!

De var en stor støtte for især Bodil i den første svære tid efter flytningen, men fornemmede givetvis også, at tingene ændrede sig, da vi flyttede i det store hus i Hundested.

Især i de første år var vi mange gange i Odense, og Bodil og jeg talte mange år senere ofte om de lange bilture t/r Odense over de smalle landeveje ved Ugerløse og Tølløse på vej til eller fra Storebæltsfærgen.

En vinter blev vi tvunget i grøften af en modkørende bil netop på de kanter, og vi sad med ungerne på en gård og ventede på Falck. Det var første og eneste gang, vi oplevede spytbakker anvendt i det virkelige liv!
Det var et underligt, lidt ubehageligt sted, hvor snevejret og kulden nok var den eneste grund til, at vi lidt modvilligt blev lukket ind. Der foregik nogle lyssky ting og sager af en art i det hus...

Jeg husker økonomiske bidrag fra begge forældre sider, men den hyppigste hjælp var små sponsorater med tøj til ungerne, når der var lavvande i kassen. Det var der temmelig ofte i de første par år i Frederiksværk.
Vi var meget taknemmelige og tror og håber, vi også huskede at give udtryk for det.

Poul døde i 2005. Ellis har både overlevet sin mand – og nu sin datter.

Hun er 88 år i dag.

Fortællingen om de øvrige nære familierelationer er meget hurtigt overstået, så dem tager vi passende med her.

Bodil har ingen søskende.

Jeg har 2 brødre, der er 5 og 10 år ældre end jeg.

Asger og hans kone Ruth bor i Albertslund, og dem har vi set et par gange om året igennem mange år. De er rare mennesker, som altid er hyggelige at være sammen med.

Deres besøg har vi altid set frem til.

Min ældste bror og hans kone fornærmede jeg for snart 30 år siden, hvor jeg ikke fik taget mig sammen til at købe gave i forbindelse med deres datters bryllup.

Det var helt klart for dårligt af mig, men samtidig siger det lidt om relationens bæredygtighed, at vi kun har set dem 1-2 gange siden. Sidste gang var til min mors bisættelse i 2009.

Jeg tilgiver dem aldrig, at jeg intet hørte fra den del af familien i forbindelse med Bodils død.

Asger og Ruth kom til bisættelsen.

Bodil sagde altid, at når hun så på de relationer, jeg havde til mine brødre, så savnede hun aldrig søskende.

Hun var en klog pige. Det har jeg altid sagt.

På bedsteforældreområdet er der naturligvis ingen 'overlevende', men utallige historier.

Jeg husker med stor glæde og taknemmelighed min mormor Margrethe, der døde i 1966, da jeg var 18 år.

Hun var et rart og omsorgsfuldt menneske, der i mange år kom hjem til mig og passede mig efter skoletid. Hun var samtidig en stærk personlighed, der altid havde været vant til at klare sig selv.

Min farfar husker jeg meget lidt, og jeg har egentlig ikke haft noget at gøre med min farfar i 60 år, så den eneste grund til, at han optræder her i bogen er, at der var 2 historier, som var knyttet til ham, som Bodil og jeg mange gange morede os over.

Dels min families største skandale og dels nogle særlige notesbøger... og begge dele skal da med her for ikke at gå i glemmebogen.

Som tidligere nævnt var han bogholder på Hærens Krudtværk i Frederiksværk.

Min bror Asger har henledt min opmærksomhed på skandalen og refereret den for mig.

Det viste sig nemlig, at en af medarbejderne på Krudtværkets kontor havde begået underslæb. Vedkommende vedgik det kriminelle forhold og fik en fængselsdom.

Dermed burde sagen være afsluttet, men i det lille provinsielle samfund, som Frederiksværk var for mere end 70 år siden, talte man jo også om ansvaret for forholdet...

Min farfar kunne jo ikke løbe fra, at det kriminelle forhold var sket i den afdeling, han var leder af.

Man mente nok, at han burde have opdaget, at en medarbejder snød firmaet for penge. Lidt var der måske om det, for Krudtværket var jo ikke en kæmpe virksomhed.

uddrag fra den første notesbog

Asger mener at kunne huske vores mor og mormor stå på gaden og med urolige miner læse i avisen om bedrageriet...

Så meget om skandalen.

Notesbøgerne er virkelig et kuriosum. De stammer fra min farfar, og dukkede op hos mig for nogle år siden. Hvordan husker jeg ikke. Måske har jeg fået eller fundet dem hos min mor.

Det er 2 håndskrevne notesbøger i form af referater fra møderne i en kortklub, min farfar var med i, Forhandlings Protokol over Spille-Klubben de fire "Brødre", står der ordret i omslaget i første hæfte.

Blandt mange morsomme beskrivelser i notesbøgerne fremgår bl.a., at konerne deltog i møderne – ikke i kortspillet – nej, de samledes i den tilstødende salon, hvor de drak temmelig meget toddy.

Det virker nærmere, som om det er en selskabsklub for det bedre borgerskab for mere end 100 år siden.

Pudsigt er også, at andre personer kommer på besøg hos damerne, mens de (vist nok) 4 medlemmer sidder og spiller kort. Kortaftenerne gik på skift mellem de fire deltagere.

Ind imellem er det Bogholderens (min farfar) tur til at være referent.

Klubbens første mødeaften var d. 23. september 1909!

De er så sprogligt finurlige og skrevet med så fin humor, så de var værd at renskrive og udgive i bogform...

Hvem ved, måske bliver det min 4. bog!?

Bodil og jeg havde stor fornøjelse af at læse det særegne sprog og nyde den tidslomme, der tydeligt manifesterer sig via sproget. Vores interesse skyldtes jo også, at vi boede i eller i nærheden af Frederiksværk i mange år.

Jeg tror, at bøgerne nok i sidste ende bliver givet til Frederiksværk Bymuseum for at undgå, at de går til ved et uheld.

Med hensyn til min families tilknytning til Frederiksværk skal nævnes, at min farfar Carl ligger begravet på Vinderød kirkegård, tæt ved Frederiksværk, og at vi valgte at få Sarah døbt i Vinderød kirke blandt andet på grund af den familiemæssige tilknytning til kirken.

På Bodils side var vi i tæt kontakt med hendes bedsteforældre fra tiden i Odense og de mange ture 'hjem' til Fyn til alle højtiderne, mens vi boede på Sjælland.

Hendes mors forældre Gitte og Helmer hjalp os ved at kautionere, så vi kunne låne til udbetaling både på hus og bil, da vi flyttede til Frederiksværk.

Gitte, der aldrig hed andet end Olde-Gitte var ikke en stor tilhænger af små børn. Hun var egentlig født Ægidie, men kaldte sig forståeligt nok blot Gitte.

Jeg havde altid en forestilling om, at hun var blevet drillet med navnet, da hun selv var barn, og at det var derfor, hun som voksen ikke brød sig om børn.

Det var før der var noget, der hed mobberi.

Olde-Gittes søster, Anna, var en sjov figur.

En lille vissen dame med et ansigtsudtryk som en tordensky! Men hun var en sød lille dame.

Når der blev budt cigaretter rundt til familiefesterne, scorede hun ikke en, men mange cigaretter ad gangen.

Hvis man skoddede sin cigaret, fordi man skulle ud at danse, kunne man være helt sikker på, at den var væk, når man returnerede. Så havde moster Anna scoret den og røget den!

Alle vidste det, og vi observerede hende i smug og morede os pragtfuldt.

Elly, Bodils farmor var en herlig og rapkæftet, bramfri ældre dame, der boede i Ramsherred i H C Andersen kvarteret. Hun havde været rengøringsdame og fabriksarbejder hele sit liv.

Inden kvarteret blev saneret og blev mondænt, havde Bodil som stor pige stor fornøjelse af at studere livets gang i Olde-farmors gadespejl. Der kunne man nemlig holde øje med, hvem der kom ind og ud af døren hos den lokale luder Betty, der boede på hjørnet overfor.

Ind imellem dukkede der jo kunder op, som Bodil eller Olde-farmor kendte!

Under alle omstændigheder var det rigtig sjovt at betragte herrerne, når de kom ud fra Betty, når de rettede på tøjet, så sig hastigt omkring og tjekkede gylpen.

På det andet hjørne stod den næste kunde og holdt øje med, hvornår Betty blev ledig.

Historien går på, at Betty var den eneste af de lokale, der havde råd til at købe sit hus tilbage efter saneringen af kvarteret!!

Af og til bemærkede underboen til Olde-farmor, "Nå, fru Hedemand, du har nok bagt kringle i dag!?" Hun kunne nemlig se, når Bodil havde siddet i vinduet og spist kringle, for al sukaten var spyttet ud og lå ved hendes indgangsdør!

Også som voksen blev al sukat spyttet ud! Det er det eneste, jeg lige nu kan komme i tanker om, at Bodil aldrig kunne finde på at spise. Kræsen var hun bestemt ikke.

Elly's udlejer hed Alfred, og ham kunne hun ikke fordrage, men med tiden ændrede forholdet sig afgørende, og de to ældre havde stor fornøjelse af hinanden i mange år. Det havde vi andre stor glæde af, for det var et herligt par sammen.

Alfred var enkemand og tidligere vaskeriejer og havde et sommerhus i Tørresø på Nordfyn.

Vi var meget ofte til frokost der i højtiderne, når vi var hjemme på Fyn, bl.a. til Påske. Der blev aldrig sparet på snapsen, og Elly lavede de bedste stegte sild, jeg nogensinde har smagt.

En af historierne om Alfred var, at han engang fik en spritdom, som han sad af i et arresthus et sted på Fyn. På det tidspunkt var han langt op i årene, så det må have været en ordentlig bøhmand, han blev taget med.

En anden historie, han selv fortalte, var at han og Elly engang skulle med Storebæltsfærgen, og han bad om en pensionistbillet ved billetlugen. Det var jo før broen kom.

Den søde dame i lugen bad om dokumentation på, at han var over 67. Da det gik op for hende, at han var 85, slog hun helt om og blev dybt forarget over, at han stadig kørte bil, og alt det venlige forsvandt som dug for solen.

Min 70-års fødselsdag i februar 2018

Sarahs barnedåb 1975

alle fra vinter/forår 1973/74

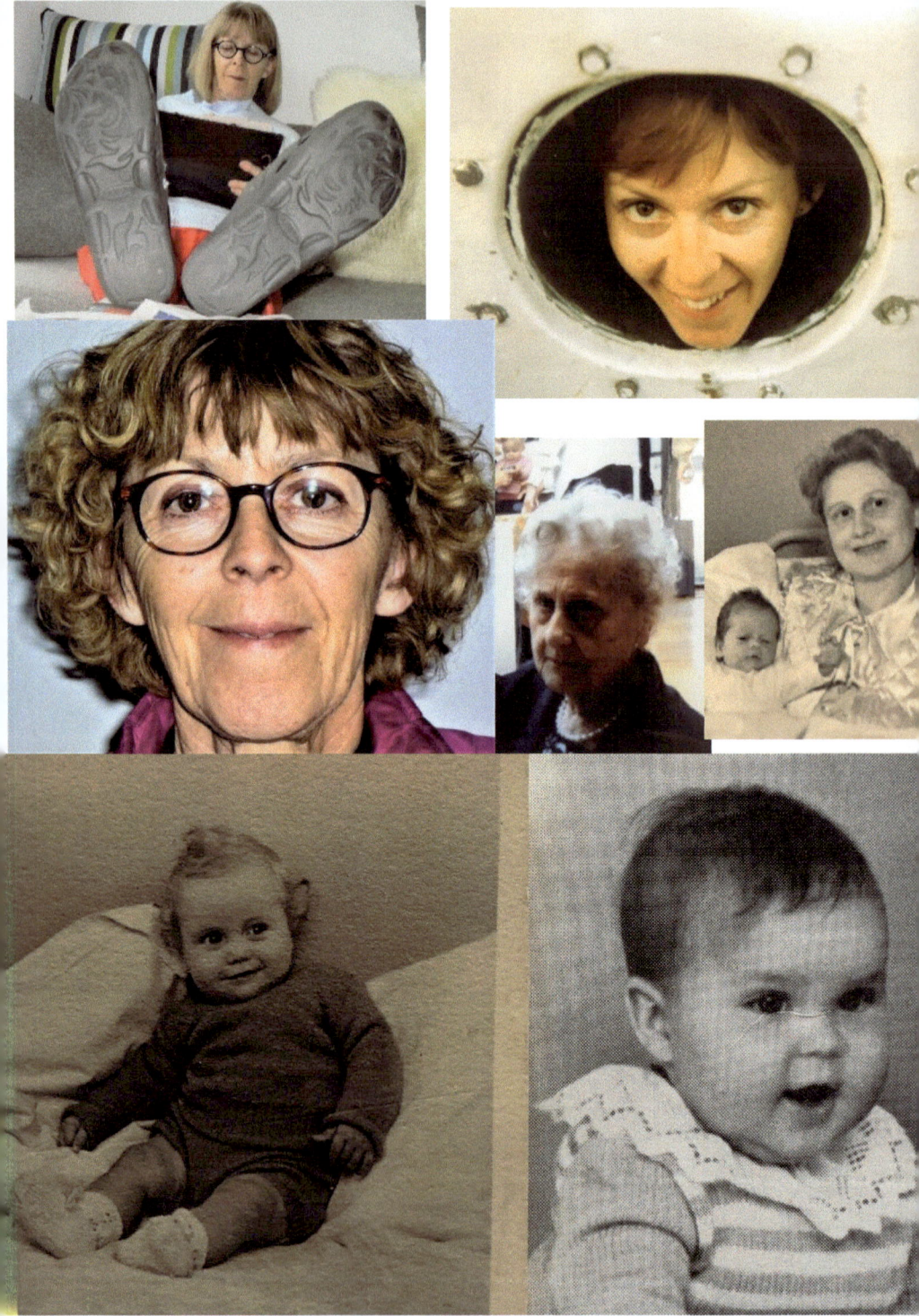

11

vejen tilbage

Bid i Horsens betød, at jeg I 1986 blev ansat i Ungdomsrådgivningen i Horsens kommune.

Vores 11 år i eksil på Sjælland var endeligt og definitivt afsluttet.

Hvad jeg ikke vidste dengang var, at det var starten på et ansættelsesforhold, der varede i 24 år.

Det er ikke nemt at flytte fra én landsdel til en anden med 2 børn og komplet inventar, og det kræver jo altså, at man har noget at bo i.

Da jublen i Hundested havde lagt sig over jobbet, gik vi i praktisk mode...

Hvor og hvordan kunne vi finde noget at bo i meget hurtigt?

Horsens som by havde ikke den helt store tiltrækningskraft på os – nok fordi den lå så langt fra venner og familie i Odense. Omvendt skulle vi jo heller ikke bo i Odense, når jeg skulle arbejde i Horsens!

På den vis tonede Vejle frem som det oplagte valg.

Det fik vi aldrig grund til at fortryde!

Vi kontaktede boligselskaber og ejendomsmæglere pr. telefon og fik tonsvis af materiale fremsendt pr. post.

I de dage modtog man jo posten dagen efter, den var blevet afsendt!!

Vi planlagde ud fra materialerne weekendture til Jylland – lavede tidsplaner og aftaler på huse, vi skulle se.

Boligselskaberne havde ikke det store at byde på.
Der var vist noget nybyggeri, som var rasende dyrt, så den mulighed blev hurtig skrottet.

Jeg mener vi var af sted 3 weekender i træk, og det var temmelig anstrengende, men på den anden side, motivationen var jo i top!

De første 2 weekender så vi en lang række huse, vi havde råd til og et enkelt, der var alt for dyrt.

Efter 2 weekender havde vi været i Grejs, Vinding, Midtbyen og Bredballe. Resultatet var nedslående.

Vi så et utal af huse med åbenlyse fejl og mangler, lugt fra kældre eller fra isoleringen under dørtrin, man ikke havde fået genmonteret midt i en renovering. Huse, hvor man åbenlyst var gået død, i en større eller mindre renovering.

Byhuse med tydelige spor efter rotter i baggården, forvitrede vinduesrammer, punkterede termoruder, grimme nabohuse...

Vi brugte den 3. weekend på at gense og vælge definitivt mellem 2 huse. Valget var let.

Som i Frederiksværk valgte vi det, vi ikke havde råd til!

Huset stod tomt og ventede på OS! Et tidligere prøvehus fra Hosby huse i en nyere udstykning i Bredballe.

Smart hus med skråtag, opdelt på langs, hvor etagerne var forskudt 2 meter i højden. Man stod oppe i køkkenet og så ned i stuen.

Et rigtigt drømmehus, som stod klart til at modtage nogle fortabte sjæle fra Sjælland.

Bodil fortalte senere, at hun i tankerne **var** begyndt at indrette huset allerede første gang, vi så på det. Hun havde truffet valget allerede den 1. weekend!

Så meget for mine pædagogiske snakke og formaninger om, hvad vi havde råd til eller ej. Hun snørede mig, manipulerede mig, jeg ved det!

Bodil svævede på en lyserød sky, og jeg undte hende det.

I guder, hvor hun fortjente det!

Flytningen stod vi selv for. Vi lejede en stor varebil over et par gange og tog Vognmandsruten over Storebælt. Den var billigst, og den havde jeg købt anparter i!

Investeringen viste sig med tiden faktisk at være en rigtig god forretning.

Hver gang vi tog turen til Fyn/Jylland standsede vi altid ved bageren i Tølløse (eller Ugerløse?) og købte nogle særlige, lækre kaffebrød, som vi spiste på færgen.

12

i gang efter flytningen

Sølager var en amtskommunal institution mange kilometer væk fra amtets centraladministration. Det var dengang en befriende oplevelse.

På samme måde lå Ungdomsrådgivningen i en bydel nogle kilometer fra rådhuset. Det føltes fuldstændig som at arbejde i en selvstændig, autonom enhed.

Målgruppen var, som jeg husker det, unge på kontanthjælp, der ikke kunne klare eller fastholde almindeligt arbejde på almindelige vilkår. Unge, der var ved at blive tabt. Unge med psykiske og/eller stofrelaterede problemer.

På første sal var der alternativ skoleundervisning i alle fag og på alle niveauer. Så enhver, der havde den mindste interesse i at lære et eller andet, blev fluks visiteret og søgt hjulpet i gang med noget, der måske kunne føre til lidt stabilitet i hverdagen – og små, veltilrettelagte succeser!

Succeser var ikke det, den gruppe unge havde flest af!

Det var min klare fornemmelse, at jeg bestemt blev ansat på mine kvalifikationer. Jeg havde jo arbejdet med en lignende lidt yngre målgruppe i mange år på Sølager.

Men jeg blev også ansat, fordi jeg var mand og skulle være et modspil til en dominerende kvindelig kollega, der i mere end én forstand fyldte meget i landskabet. Det lykkedes vist meget godt i de tre år, jeg var der.

Jobmæssigt handlede det for Bodil om at lande et arbejde, der kunne bidrage til familiens forsørgelse.

Hun havde absolut ingen intentioner eller ønsker om uddannelse eller om at gøre karriere. Muligheder og evner var der nok af, men hun valgte det fra.

Hun var det samlende led i familien dengang og gennem alle årene også familiens naturlige samlingspunkt.

Hun havde styr på hus og hjem og alle relationerne – og erhvervsarbejde ved siden af!

Familien var klart hendes tilvalg, og hun elskede det. Hun fortalte gerne omgivelserne om den frihed og glæde, hun syntes det gav hende, at have valgt uddannelse og karriere fra for at pleje og holde sammen på familien.

Hvor var vi heldige, ungerne og jeg!

I den første korte tid i Vejle var Bodil arbejdsløs. Derefter var hun sygemeldt efter et keglesnit i livmoderhalsen, der senere betød den anden spontane abort, så vi måtte opgive at få flere børn. Livmodermunden var ikke længere fleksibel nok, så flere forsøg var ikke tilrådeligt af helbredsmæssige grunde. Det var der bestemt ingen af os, der ville sidde overhørigt.

Vi havde 2 prægtige unger, så det overlevede vi!

Bodil reflekterede på et stillingsopslag fra den nærmest liggende daginstitution, der tillige havde et godt renommé. Det var daginstitutionen Kirkebakken, der lå under 1 km væk og på Sarahs skolevej.

De søgte en tilkaldevikar, og selvfølgelig valgte de Bodil.

Hun fik meget hurtigt derefter et vikariat for en pædagog og i forlængelse deraf fastansættelse som pædagogmedhjælper.

Bodil arbejdede i godt 23 år på Kirkebakken, indtil hun gik på efterløn som 60-årig i 2010.

Flytning, hus, skole og job var dermed faldet på plads. Det var gået hurtigt, og vi var faldet til.

Vi var hjemme.

13

vores arbejdsliv i Vejle

Jeg kan slet ikke fyldestgørende gengive hovedtrækkene af, hvad der skete på Bodils arbejdsplads i løbet af de 23 år, hun var ansat.

Det er jeg helt ude af stand til uden hendes hjælp.

Jeg har selv store problemer med at huske rækkefølgen af de kommunale omstruktureringer, som jeg og mine kollegaer var ofre for i løbet af mine 24 år i Horsens kommune.

Jeg har en gang regnet ud, at jeg har haft ca. 10 forskellige stillinger på 24 år – på samme arbejdsplads, Horsens kommune! Det er da meget godt gået.

Nogle job har jeg søgt selv, andre er jeg blevet iklædt!

Det er heller ikke intentionen med bogen at pensle den del af vores tilværelse meget ud.

Men helt forbigås skal det nu ikke!

Bodils arbejdsplads, daginstitutionen Kirkebakken i Bredballe, var besat med kvinder, og de få mænd, der arbejdede der, var utroligt privilegerede, medmindre de var nogle tumper. De blev simpelthen forkælet.

Der var en kerne af erfarne pædagoger og medhjælpere, der limede institutionen sammen. De var årsagen til, at den fungerede uanset, hvilken dårlig leder eller stedfortræder, der prøvede at spolere institutionen.

Dem var der vist en del af på 23 år.

Jeg lærte efterhånden hendes kollegaer at kende. De var et eksempel på, hvor langt humor, professionel- og kollegial indstilling og sammenhold kan række.

Der var overskud til børn og deres forældre fra den kerne af medarbejdere, og så var der jo en del yngre urutinerede medarbejdere, som ofte havde svært ved at følge med i tempoet og ikke havde noget overskud eller rutine, de kunne bringe i anvendelse. Det er hårdt arbejde at passe andres børn, og en del medarbejdere faldt af i svinget.

Bodil fortalte ofte anonymiserede anekdoter fra sit arbejde. Mange rigtig morsomme og desværre glemt nu. Forvirrede og stressede fædre, der i morgentravlheden havde taget tøjet på forkert eller på vrangen, var ikke et usædvanligt syn.

Bedst husker jeg nok hendes grinende fortællinger om hendes og kollegaernes scoresystem, som dannede baggrund for hitlisterne!

De havde løbende vurderinger af, hvor lækre de mente de enkelte fædre til børnene var, og ud fra de vurderinger blev den enkelte far indplaceret på hitlisten! Der indgik flere elementer i vurderingerne, og de var bestemt ikke alle sammen lige lødige eller objektive!

Jeg var med til en del af forældrearrangementerne. Der var fest og glade dage, især ved de arrangementer jeg oplevede i 90'erne.

Hvem andre har måske været så heldig at se sin kone optræde som Bakkesangerinde – eller optræde i cirkus!??

Desværre kastede mit arbejde aldrig de samme morsomme historier af sig. Alt i alt havde Bodil garanteret mere sjov og løftet stemning på sit arbejde end jeg havde.

På mit job tog mange sgu altid sig selv så skide højtideligt.

Mange af de kollegaer Bodil fik på Kirkebakken, havde hun som venner resten af livet.

Kirsten især, som jeg næsten har kendt i alle årene, og som altid har været vores gode ven og støtte.

Mit job i Ungdomsrådgivningen ophørte i 1989, fordi afdelingen blev nedlagt i forbindelse med en... ???

Rigtigt gættet, en omstrukturering!

Det var en ren massakre på medarbejderne og kunderne i butikken.

Ufattelig mange medarbejdere fik nye arbejdsfunktioner, kollegaer og afdelinger fra den ene dag til den anden, og samtidig gik man fra cpr. nr. opdeling til geografisk opdeling af kundeunderlaget.

Det blev et totalt kaos, total fiasko, i de få måneder, det blev opretholdt. Et kaos af sygemeldte medarbejdere, forvirrede borgere, bortløbne sager og fejludbetalinger.

Jeg fik mit første lederjob, da kaos blev iværksat. Jeg tror nok, jeg kom i det, der hed 'Øst Kontanthjælp.'

Lederjobs havde jeg derefter en guds velsignelse af i perioden frem til 2007.

Jeg har ikke tal på, hvor mange omorganiseringer, jeg har overlevet, og jeg har såmænd nok også været med til at udtænke en enkelt en af slagsen! Jeg skal jo ikke gøre mig bedre, end jeg er.

Afdelingernes navne og sammensætning fortaber sig i evig glemsel, ligeledes formålet med deres oprettelse. Dog husker jeg Social Service Center, kaldet SSC, et monstrum med flere hundrede medarbejdere, hvor der i den afdeling, jeg var chef for var over 70 medarbejdere fordelt på 5-6 afdelinger. Hver afdeling med en mellemleder og så med mig på toppen. Jeg var endvidere souschef i SSC.

Det var vist der, jeg peakede, rent magtmæssigt!

I 2005 blev Jobcenter Horsens så oprettet som forsøgsordning.

Det var 2 år før det statslige AF-system officielt blev nedlagt/sammenlagt med den kommunale arbejdsmarkedsrettede indsats.

Det afstedkom jo endnu en voldsom omorganisering!

Man kunne søge om at blive i social- og sundhedsforvaltningen eller søge over i den ny organisation. Jeg havde virkelig lyst til, at der skulle ske nyt, så valget blev derefter.

De første år i Jobcenter Horsens var ok, men som tiden gik, udviklede det hele sig til lidt af et personligt helvede. Jeg havde fået en ny nærmeste chef for den kommunale del af Jobcentret, som meget gerne ville af med mig. Ingen midler var hellige for ham og meget foregik i det skjulte.

I sidste ende opstod dog en stilstand og ligevægt, idet jeg af nød – og som modvægt - havde samlet belastende materiale sammen om ham. Det fik ham til at stoppe!

Det var en meget hård periode, hvor jeg nær knækkede halsen både fysisk og psykisk.

Jeg endte mine dage i Horsens kommune i en nyoprettet stilling, som gav mere i løn, og hvor jeg var med til at definere jobindholdet – socialfaglig konsulent.

Jeg fik den løn og det jobindhold, jeg ønskede, og han fik mig ud på et sidespor.

Det var en salomonisk løsning!

Det var 3 år med et ønskejob!

Jeg stoppede i 2010, og efter 24 år hos samme arbejdsgiver, har jeg stort set ikke haft en eneste kollega, som jeg efterfølgende har haft lyst til at pleje omgang med.

Det siger nok temmelig meget om mig, men også om jobindholdet, vilkårene ved at have de mange forskelligartede lederjobs - og kollegaerne.

Da jeg stoppede, så var det slut med at grine ad mig!

Bodil og Sarah fortalte mig senere, at hver dag, hver eneste dag, jeg kom hjem fra arbejdet, så lagde jeg nøglerne fra mig med noget, der klart lignede et højlydt lettelsens suk over, at nu var den dag endelig overstået.

Tænk at have været til moro for de to damer i flere år uden at ane det!

Bodil og jeg stoppede med at arbejde stort set samtidigt. Det havde vi aftalt længe inden.

Det var et stort privilegium at kunne planlægge så stor en ting sammen.

Jeg havde dog – efter aftale med hende, naturligvis!! – allerede fra slutningen af 2009 i lange perioder haft gang i mit eget firma på deltids-/hobbyniveau.

I firmaet skulle jeg aldrig arbejde mere end nogle få timer om ugen, for så kunne jeg jo lige så godt være fortsat i mit job.

Jeg har måske nok haft et behov for en glidende overgangsperiode, hvor jeg stadig følte, jeg var fagligt med...

Firmaet er definitivt lukket foråret 2020 efter Bodil
døde den 23. oktober 2019 og da Covid-19 epidemien
efterfølgende i månedsvis satte al udvikling i stå –
også inden for mit fagområde.

Som så meget andet i mit liv er det et afsluttet
kapitel.

14

mest om Sarah og Mikkel

Huset i Vejle var en fuldtræffer.

Det var smart i stilen og med et lidt anderledes
materialevalg, end vi var vant til at se. Det var lige
noget for Bodil at gå i gang med at indrette endnu et
hus fra bunden af.

Der var stærkt begrænsede midler til formålet, fordi vi igen igen havde købt hus i overkanten af, hvad vi havde råd til.

For Bodil gjorde det bare opgaven mere spændende og udfordrende. Hun var i sit es!

Efter indflytningen havde vi ellers i meget lang tid mulighed for karriereskift! Vi spøgte senere med, at det måske ikke havde været helt tosset – det ville i hvert fald have været noget andet!

Vi havde nemlig fået nyt telefonnummer i forbindelse med flytningen, og telefonen ringede hver dag, mange gange og over meget lang tid.

Nummeret havde tilhørt en vinduespudser, der var ophørt, og kunderne ringede fortvivlede for at få pudset vinduer. Hele kundekredsen var der - lige til at plukke, men vi gjorde det ikke.

Vi nød i stedet at være på plads, at have fornemmelsen af, at alt var lykkedes. Vi følte, vi var hjemme.

Naboerne til alle sider kom vi hurtigt ind på livet af og fik et godt forhold til, uden at de blev egentlige venner, som vi kom sammen med.

Dem fandt vi på vænget ved siden af. Et forældrepar, Bodil længe havde talt med i børnehaven, Anders og Kamma.

Sarah, som var 11, da vi flyttede, faldt, som det var tilfældet i Hundested, meget hurtig til i den ny skole og fandt venner i området.

Hun var sød og nem på det tidspunkt, men blev en furie som teenager!

De første år i Vejle husker jeg som ganske uproblematiske. Sarah faldt fortsat ind alle steder, i skolen og blandt venner. Hun havde rigtig mange drengevenner, der passede godt på hende.

Da de senere begyndte at gå i byen, var vores hjem et meget populært tilholdssted, som base før byturen – og efter!

Utallige gange har jeg hentet hende hjem som aftalt og haft hele bilen fyldt med andre unger, jeg så satte af – eller tog med hjem til os, fordi de af den ene eller anden grund ikke kunne eller turde tage hjem.

Vi har vist en enkelt gang haft 8 sovende hist og pist – et par enkelte af dem var vist ædru...

Den anden side af Sarah var den totalt urimelige teenager! En side hun formentlig kun viste frem hjemme.

Bodil har senere erindret mig om de mange gange om morgenen, hvor jeg er kørt på arbejde med udtrykket 'hun har ødelagt min dag!!' Jeg havde næsten fortrængt det.

Mokken havde det helt fejlagtige indtryk, at alt var hendes, og at det var hende, der havde købt det.

Vi taler om shampoo, cremer, visse madvarer, ALT!

Så når hun om morgenen, hver morgen, vrængede ud i lokalet, 'HVEM HAR BRUGT MIN SHAMPOO??', så krævede det noget, der lå ud over mine pædagogiske evner at negligere det.

Vi havde én shampoo i huset, og det var helt afgjort ikke hendes.

En morgen, der havde været særlig grotesk, jagtede jeg hende gennem huset for endnu engang at fortælle hende sandheden om ejerskabet til shampooen efter at hun nok en gang havde brokket sig. Det lykkedes hende at flygte ind på badeværelset og låse døren.

Hun ville simpelthen ikke snakke med mig.

I min ærgrelse og irritation sparkede jeg hårdt på døren.

Jeg havde maosutter på, og døren var bestemt ikke som døre var engang. Den var slet ikke af massivt træ...

Jeg sparkede et stort hul i finéren og fik endvidere rigtig ondt i tæerne.

Det er helt sikkert en af de omtalte dage med 'hun har ødelagt min dag!!'

Noget af dagen brugte jeg så på at udtænke, hvordan den situation kunne løses op.

Da jeg kom hjem, fik Bodil og jeg ved ihærdig indsats overtalt en stærkt betænkelig datter til at komme ud af værelset og følge med op til badeværelsesdøren.

Jeg pegede på hullet i døren og sagde, "har du set vi har fået rotter??"

Den dag hun fyldte 18, skete der et mirakel!

Sarah blev blid, venlig, smilende, ja alt det vi troede, hun ikke rummede af menneskelige egenskaber væltede nærmest frem – og hun har stort set været normal lige siden!

Den historie er en af familiens vandrehistorier – fortalt vidt og bredt igen og igen!

Sarah afsluttede skolen med 10. klasse og fortsatte på Handelsskole, hvor hun tog HH. Det faldt hende mere naturligt med studentereksamen på handelsskole end gymnasium.

Hun fortæller beredvilligt, at hun pjækkede fast hver fredag for at kunne passe et bijob på en restaurant. Det vidste vi vist godt allerede dengang...

Senere fik hun vikarjob i modebutik, hvor de tilbød hende læreplads. Det læreforhold afsluttede hun i 1999.

I løbet af læreforholdet havde hun fundet ud af, at det slet ikke var den vej, hun ville med sit liv på sigt - rent erhvervsmæssigt.

Hun ville læse dansk og søgte senere optagelse på Syddansk Universitet i Kolding.

Hun afsluttede danskstudiet i 2012 med sit speciale og sprang pludselig ud som cand.mag.!

Hun var flyttet hjemmefra i 1994 på et kollegieværelse i Vejle centrum.

Efter hun var flyttet, kørte jeg det første stykke tid en lille tur hver aften.

Jeg sagde ikke noget til Bodil, men hun var da selvfølgelig klar over, at jeg lige skulle ned og tjekke, om Sarah nu havde det helt lige så godt som dagen før og dagen før den!

Jesper lærte hun at kende på kollegiet, hvor han flyttede ind kort efter Sarah.

De blev gift i 2006 og har gjort Bodil og jeg til lykkelige morforældre 3 gange med børnene Milla i 2002, Marcus i 2005 og Bodils øjesten, efternøler Noah fra 2012.

Mikkel, der jo var 16 år, da vi flyttede til Vejle havde det til gengæld noget mere vanskeligt. Han kunne ikke rigtig falde til – heller ikke i gymnasiet

Da vi flyttede fra Hundested, havde han lige mødt sin første rigtige kæreste, som han selvfølgelig savnede, og han savnede tillige det mangeårige samvær med gutterne i Hundested.

Det endte med, at Mikkel ønskede at flytte tilbage til Hundested – og det gjorde han efter 1/2 års tid i Vejle!

Med den alder, han havde, og den selvstændighed, han udviste, tjente det ikke noget formål at stille sig i vejen for ham.

Bodil og jeg følte i starten, at det var en katastrofe at miste ham på den måde, at vi havde svigtet ham på en eller anden led.

Allermest følte jeg, at det var mig, der havde svigtet, at det var mit job, der var skyld i, at vi strandede så længe på Sjælland, og at det derfor var min skyld, at han rejste tilbage.
Jeg tænkte, at hvis det havde været muligt at flytte tilbage tidligere, så ville Mikkel have været yngre og haft meget lettere ved at falde til, og tingene ville have udviklet sig helt anderledes...

Med tiden faldt der mere ro på. Vi kunne jo ikke have gjort tingene anderledes. Havde vi haft indflydelse på, hvor jeg kunne lande et job, var vi jo flyttet år i forvejen. Samtidigt var vi jo overbeviste om og trøstede os med, at han nok skulle klare sig.

Rigtigt bekymrede var vi således aldrig, men vi var rigtig kede af, at han var flyttet. Vi savnede ham og erkendte jo, at han aldrig ville komme til at bo sammen med os andre i Vejle mere.

Den kendsgerning var hård at se i øjnene.

Det betød jo også, at de to søskende blev adskilt.

Men vi fik da heldigvis ret! Det er gået ham godt.

Han blev godt nok smidt ud af Frederiksværk Gymnasium i 3. G fordi han var for 'individualistisk', altid var i opposition mod etablissementet.

Med den fortid Bodil og jeg havde, ville det være lidt ufint af os at bruge det imod ham! Så det gjorde vi ikke. Vi havde jo heller aldrig nogensinde rettet os efter, hvad omgivelserne forventede af os!

Vi vidste, at han skulle nok lande på fødderne, når han var færdig med at slå flikflak.

Mikkels forløb på det stadie her lignede jo på forunderlig vis mit eget!

Efter diverse løse jobs landede han en læreplads som engroshandelsassistent i et lille lokalt firma, som importerede forskellige franske tøjmærker!

Det trivedes han overraskende godt med i 5-6 år. Formentlig fordi han arbejdede under meget frie forhold.

Han var i den periode flyttet til København, og efter ophør med arbejdet i Hundested tog han den etårige studentereksamen og var en tur forbi Københavns Universitet i et halvt år med danskstudier.

Hans studiejob i et teleselskab blev i 1999 udskiftet med et job samme sted som projektleder i kommunikationsafdelingen og så var han på sporet...

Kit mødte han samme år. Hun arbejdede samme sted.

De flyttede sammen i en fremlejet lejlighed på Vesterbro og derefter i Helsingør i nogle år indtil de landede i en ejendom bag Gamle Scene i København i 2004.

De blev gift i 2006.

De har præsteret at gøre Bodil og jeg til lykkelige farforældre 3 gange! Det er godt gået, så tak for Alfa i 2001, Mingus i 2003 og Dante i 2005!

Efter de begge fik børn blev kontakten mellem Sarah og Mikkel tættere, trods afstanden. Det skyldes naturligvis også, at alle 4 forældre har det rigtig godt i hinandens selskab.

Det var en dejlig oplevelse for Bodil og jeg at se familien vokse og fungere. Vi havde aldrig troet, at vi skulle få så stor en familie og med 6 dejlige børnebørn på toppen af det hele.

15

ferierne

Vores ferier gennem årene var i den bedste betydning et kapitel for sig, og noget vi prioriterede meget højt.

Bodil og jeg var på Rhodos i maj 74, hvor vi blev forlovet! Det var kun 6 måneder efter, vi mødte hinanden.

Flytningen til Sjælland midt om sommeren 1975 og den anstrengte økonomi betød, at der – som jeg husker det - ikke var større udlandsferier, før vi flyttede til Hundested og økonomien bedredes.

Jeg vil tro, at vi har været i Bodils forældres sommerhus i Hasmark på Nordfyn i de første par år.

Derefter tog det fart med årlige sommerferier i bil til Sydfrankrig eller det nordlige Spanien - et enkelt år endda begge steder, fordi vejret i Sydfrankrig ikke var tilfredsstillende. Det er ufatteligt, hvad man overkom i den alder...!

Og husk nu, at det var ganske uden wi-fi, smarttelefoner, tablets, og hvad der ellers skal til af tekniske hjælpemidler i dag for at kunne klare at udholde bare én uges ferie!!

Da vi først kom i gang med at køre til udlandet, så var der ingen vej tilbage! Det blev vi afhængige af, bilferie sydpå, hver sommer – og helst ud til havet.

Vi var vist aldrig afsted alene, som minimum var en af Sarahs veninder med.

For det meste var vi afsted med et eller to par, vi fulgtes med eller stødte til på destinationen.

Destinationen var de første mange år altid Sydfrankrig – et par gange med en afstikker til den spanske side af Catalonien.

Rejserne blev skam også mere og mere luksusprægede efterhånden, som vi skiftede bil hen ad vejen!

De første ture var i Citroen 2 CV med ungerne klodset op på bagsædet, som vi gjorde til en jævn soveflade med bagagen, især sengetøjet. Sikkerhedsseler var ikke opfundet endnu.

Der var bagage stoppet ind overalt, bag forsæderne og under sæderne og rundt om det gamle villatelt i bagagerummet, kæmpe telt med stålstænger og plasticgardiner med fisk!

Der var plads til det hele – uden brug af tagbagagebærer!

Teltet var købt af en kollega på Sølager for 200 kr.

Da 2 CV-æraen var slut efter nr. 3 af slagsen, købte vi Citroen GS og derefter GSA – det var den vilde luksus at glide af sted hen ad vejen og slippe for motorstøj og klaprende vinduer fra en 2 CV.

Når vi nåede forbi Lyon og ned til Orange og drejede i retning af Spanien, kom Mistral-vinden strygende ned fra bjergene mod kysten.

I 2 CV'en var der på den strækning nok et par timers kørsel, hvor al snak forstummede. Vi kunne intet høre for de klaprende sideruder i den stærke blæst. Samtidig skulle jeg jo også holde det højbenede dyr på vejen!

Det havde nu bestemt også sin charme – syntes vi flere år senere…

Nå, ikke alene blev vores valg af biler mere og mere avancerede år efter år, men vores valg af overnatningssted fulgte skam med i udviklingen.

Vi fik noget på krogen!!

Først svigerfar og svigermors CombiCamp uden fortelt, som blev afløst af vore eget køb af CombiCamp **med** fortelt.

Så tog vi skridtet til campingvogne, som vi havde 3-4 af.

Jeg tror den første var en 'Smutti'.

Kendere vil vide at det er en dansk produceret glasfibervogn af god kvalitet.

Derefter kom en polsk glasfibervogn, og der var også en større campingvogn af et mærke, der for længst er kalket til i min hukommelse.

Efter mange års utallige campingferier med vores eget grej, blev vi forvænte og mondæne! Vi overgik til at leje feriebolig i Sydfrankrig – og så kørte vi da bare selv derned!

Fra at køre absolut max 100 i 2 CV og max 80 med noget på krogen, så kunne vi nu race af sted med meget højere fart.

Det var altid mig, der var chaufføren i vores bil. Bodil sørgede for forplejningen og underholdningen undervejs af både mig og ungerne. Når jeg var ved at køre flad, begyndte vi at synge, så holdt jeg ud lidt længere, inden vi skulle sove eller holde tissepause.

Overnatning blev klaret med nogle få timer på øjet i bilen på et 'Tankstelle' et tilfældigt sted.

Der var sgu ingen, der dengang var nervøse for røverier eller overfald. Det blev først rigtig moderne senere.

Næste fase var charterrejser, altså sådan nogle lækre ferier uden at køre langt i bil og med flyvemaskine!! Det var utrolig behageligt, nemt og uden alt for meget transporttid og bagage.

Turene var hyppige og til de almindelige og kendte destinationer, Cypern, et utal af lækre græske øer, Mallorca, Gran Canaria og flere til...

Da vi efterhånden var ved at være deropad aldersmæssigt, og økonomien fortsat ikke var usund, så kom trangen og lysten til det mere eksotiske, nemlig de oversøiske rejsemål.

For vores vedkommende blev det til 5 ture til USA – vist nok i løbet af blot 6 år fra 2009 og frem.

Det var 3 gange til det skønne Miami Beach, New York og den store 'tour' California rundt med tilstødende stater. Alle ture skønne oplevelser og minutiøst planlagt af undertegnede.

Vores sidste udlandsferier var i 2017 og 2018, hvor vi inviterede alle ungerne til Toscana i et kæmpehus, hvor der var plads til os 2 gamle, Molli, børn, svigerbørn og børnebørn – 12 glade mennesker og en glad cairn terrier.

16

flere af familiens anekdoter

Ferier har altid fyldt meget i vores liv.

Vi brugte lang tid på at planlægge. Derudover skulle der jo vaskes og pakkes og købes ind lang tid i forvejen.

Vi brugte så typisk 3 uger på at afholde selve ferien og mange timer efterfølgende med fotos, snak og glade minder med børn, børnebørn eller venner.

Og der var sgu altid sket et eller andet rigtig morsomt eller dramatisk!

Her er nogle af familiens vandrehistorier – de få jeg kan huske - som vi har genfortalt til hinanden igen og igen...

Vi var på camping sydpå med Jette og Manne flere gange. Vi havde et gammelt villatelt, og de var af sted i en spritny østeuropæisk teltvogn, som var meget kompliceret at slå op, og helt og aldeles umulig at få pakket sammen.

De 50 lokale ænder på campingpladsen gik frit omkring, og 3-4 stykker forvildede sig på et tidspunkt ind i Jette og Mannes fortelt...

Sarah og Rasmus styrtede over til forteltet for at se, hvad ænderne lavede og spærrede derved udgangen for dem!

Ænderne baskede forskrækkede rundt inde i teltet og sked over det hele – inklusive i de åbne kufferter, som bl.a. indeholdt Jettes hønsestrik-sweatre.

Efter ænderne var jaget ud, blev det overskidte tøj øjeblikkeligt båret væk af Jette med Manne på slæb. De bevægede sig bort i dybeste tavshed og tøjet blev fluks håndvasket oppe ved toiletbygningen.

Da de kom tilbage længe efter slæbende på det tunge vasketøj, sagde Bodil formanende til ungerne, 'I griner IKKE! I SIGER ikke noget.'

Den formaning var komplet umulig at efterleve.
Især da de tunge, våde sweatre efterfølgende blev hængt på tørresnoren, som blev tynget ned på jorden!

Men Manne sagde trøstende til Jette på sit syngende fynske, 'bare rolig Jette, jeg så hvem de var, jeg plaffer dem i morgen'

Et af de følgende år var vi igen sammen på vej sydpå – denne gang mod Les Issambres, tæt på Sainte-Maxime og Saint-Tropez.

Før Bremen lå vi i overhalingsbanen på motorvejen, da alle forankørende biler pludselig bremsede som perler på snor.

Jeg nåede at få smidt vores Mazda sportsvogn ind i inderbanen. Manne var ikke så hurtig, han kørte op i bilen foran os, og deres bil blev samtidig torpederet af bilen bagved.

Al trafik stod stille på et splitsekund, og jeg sprang ud af bilen og løb over til deres, mens jeg dansede af sted mellem bilerne.

Alt sejlede inde i deres bil fra en eksploderet coladåse. Heldigvis var eneste skade, at Rasmus' kammerat havde fået trykket et par ribben af selen.

Da Manne var blevet afhørt, kammeraten kommet retur fra undersøgelse på sygehus, og vi havde vished for via SOS, at de kunne fortsætte ferien i en lånebil, så kørte Bodil og jeg og ungerne videre. De andre kom vist frem dagen efter.

På samme tur skulle vi mødes på et aftalt tidspunkt med Kamma og Anders i deres lejlighed i Les Issambres. Jeg havde aldrig mødt dem før – Bodil kendte dem jo fra børnehaven, hvor deres børn gik.

Kamma åbnede døren i topløs tilstand. Det var da sådan set OK.

Hvad værre var, at Bodil og jeg havde dyrket feriesex kort forinden – **efter** vi begge havde været i berøring med en chili!!

Det sved og regerede mere og mere over det hele - også på de mest intime steder, så det ikke var til at holde ud eller holde sig i ro.

Vores adfærd var så påfaldende og barok, at vi på stedet måtte gå til bekendelse og fortælle baggrunden.

Så var niveauet ligesom lagt for det bekendtskab!

Nå, det holder da endnu...

Ved EM i 1992 var vi sørme atter i Frankrig og så kampene i baren på campingpladsen sammen med et stort antal tyskere og hollændere. Vi var kun 4 danskere til stede: Bodil, Sarah og Sarahs veninde Annika – og så mig selvfølgelig.

Vi mødte hollænderne i semifinalen, og da vi havde vundet, kom de alle over og gav hånd og ønskede tillykke!

Finalen blev en fest i baren, fordi hollænderne holdt med det danske landshold, og de stakkels tyskere, som var til stede, fik ikke et ben til jorden og måtte i mobbet og nedtrykt tilstand forlade stedet, mens vi andre festede videre.

Næste dag kom Grete og Bent fra Assens som aftalt drønende. Vi kunne høre dem dytte længe inden de nåede campingpladsen.

Da de nåede frem, var gensynsglæden og begejstringen over EM-triumfen så stor, at Bent glemte, at han havde campingvogn på krogen, så bommen nåede at gå ned mellem bil og anhænger og blev revet af.

Det blev han ikke vildt populær af hos campingfatter, men det lykkedes os vist at få bommen på plads i standeren igen.

Bilen var klistret til med dannebrogsflag i kanten indvendigt i ruderne, og de var flere gange blevet truet med øretæver af tyskere, de havde mødt på vejen, fordi de havde optrådt lidt for hoverende.

Der var andre vandrehistorier end dem, der var ferie relaterede:

Det er jo ikke altid, at min hjerne er parkeret i det rigtige gear, så jeg kommer ind i mellem til at sige eller begå tankeløse tåbeligheder – især da jeg var yngre og knap så klog.

Jeg husker at allerførste gang, jeg besøgte Bodil og Mikkel på Klostervej i 1973, kom jeg med en tumpet bemærkning om, at der jo var alt for ryddeligt!!

Til det svarede Bodil blot, at det skulle jeg overhovedet ikke blande mig i!

Og hun havde jo fuldstændig ret...

Bedre blev det ikke, da det blev jul få uger efter, vi var mødtes...

Jeg flottede mig ellers med at give hende et fint skibsur og et barometer i messing - en ret flot og dyr gave, syntes jeg selv.

Som det pæne menneske, hun var sagde hun skam tak. Der har helt sikkert været nogle nuancer i hendes måde at takke på, jeg ikke har opfattet.

Først lang tid efter fortalte hun mig, at hun havde tænkt, at det sgu ikke var den mest sexede gave, man kunne give til sin ny kæreste!

Og hun havde jo fuldstændig ret...

I den mellemliggende tid havde jeg dog forbedret mig.

Hun fik aldrig mere så tåbelige kommentarer eller gaver af mig.

Mikkel ynder at fortælle om et af sine traumer fra Hundested, som endda har forfulgt ham hele vejen til Vejle.

Hver weekend – og det føltes som midt på natten - blev døren til værelset sparket op med et øredøvende brag, og værelset blev fyldt med en skrækindjagende støj!

Det indtraf uden undtagelser hver lørdag eller søndag, hvor han på denne måde fuldstændig blev skræmt fra vid og sans.

Det var hans mor, der havde taget hans værelse i besiddelse med støvsugeren, som hun brutalt trak hen over dørtrinet!!

Støvsugeren var fra en svunden tid, hvor der var én hastighed, og fabrikkerne byggede dem ud fra devisen, jo mere støj, jo mere tror kunden, den suger!!

Så det var fuld hammer eller ingen hammer.

Med Bodil var det altid fuld hammer!

Hans mor påstod, at hun aldrig stormede værelset før efter kl. 10, hvor hun syntes, at NU var det på tide at lette bagdelen.

Han påstår, at han aldrig helt er kommet sig over de ugentlige chok...

Engang omkring foråret 1977 var vi på besøg i Odense.

Mine svigerforældre passede Sarah, som stadig var blebarn, mens Bodil og jeg rendte i butikker i Odense centrum.

Da vi kom tilbage, var panikken i huset på sit højeste, og vi kunne undrende se til, mens min svigerfar løb rundt i huset i underbukser...

Det viste sig, at de havde haft Sarah rendende rundt uden ble på, og hun havde skidt en smule i deres lysebrune skindstol.

På et tidspunkt havde min stakkels svigerfar så intetanende sat sig i stolen...!

En tur i Ikea kunne have kostet min svigermor livet!

Vi var i Tåstrup for at købe billigt ind til huset i Frederiksværk. Vi havde svigermor med – formentlig fordi hun var turens sponsor.

En stigereol var det primære, men da 2 CV'en skulle pakkes med indkøb og 3 personer var siderne til reolen, stigerne, alt for lange...

Den eneste mulige løsning blev at knalde hul i pappet mellem to af hylde-trinene og få svigermor til at stikke hovedet igennem!

Dér tronede hun så på passagersædet på hjemturen med hovedet omkranset af pap! Med halsen strakt for at kunne se noget overhovedet, som en stor grågås med alt for kort hals.

Jeg husker stadig medtrafikanternes undrende blikke. Det var et syn, de ikke mødte i trafikken hver dag!

En hård opbremsning kunne have halshugget hende. Det tænkte jeg overhovedet ikke på!

Eller gjorde jeg...?

17

de gamle barnløse

Så sad de to gamle tilbage – ganske alene fra 1994 og skulle få noget konstruktivt til at ske i deres ny tilværelse uden børn i huset...

Første gang jeg - til brug for denne bog - prøvede at erindre, hvad der var sket de seneste godt 26 år, så blev min hjerne så underlig panisk, for tavlen var skrækkelig blank.

En fokus på bare de sidste 6 år i det gamle årtusinde gav heller ikke store resultater...

Status var jo, at vi 2 gamle stadig boede på Hirseager.

Mikkel boede endnu i Hundested og havde arbejde og klarede sig fint – og det havde han gjort i rigtig mange år.

Sarah var jo lige flyttet hjemmefra og havde mødt Jesper, så de var nærmest flyttet sammen.

En af de rigtig gode ting var, at Bodils og min økonomi var konsolideret.

Vi havde i høj grad efterlevet vores masterplan om, at vi aldrig igen at skulle komme i en situation, hvor vi skulle undvære noget – hverken os eller ungerne.

Vi var fuglefri og fremmede, men hvad skulle vi dog bruge vores nyvundne 'frihed' til, efter at tilværelsen havde handlet om børn i så mange år??

Nå, der var nu aldrig tid til at kede sig, og det var én ting Bodil aldrig gjorde. Hun var altid i gang med et eller andet, og det smittede af og til og ind imellem og en sjælden gang af på mig.

Jeg havde meget ofte arbejde med hjem. Som regel sager der skulle læses som led i mødeforberedelse til revalideringsmøder eller i andre sammenhænge. Lederjobbet i en kommunal forvaltning er sgu ingen afslapningsøvelse, hvis der virkelig er nogen, der skulle tro det!

Hus og have krævede da også sit.

Det dejlige og smarte, men lidt overdesignede Hosby hus havde sine fejl og mangler.

Undertaget var utæt, og da jeg jo kun var omkring de 50 og stadig udødelig, så gik jeg selv i gang med opgaven.

Det var en barsk en.

Huset havde ingen tagryg men en kæmpe tagflade, der kun hældte til én side og - for en del af tagets vedkommende - fortsatte ud over carporten.

Ene mand bar jeg cementtagstenene fra den ene side af taget og lagde dem oven på stenene i den anden side. De vejede 5 kg pr stk!

Jeg vejede egenhændigt en, for bagefter at kunne være mere konkret i beskrivelsen af min bedrift. Jeg talte nemlig også, hvor mange sten, jeg flyttede, men det har jeg da heldigvis glemt.

Men det var rigtig mange!

Derefter svejsede jeg nye, meget lange baner tagpap på med et svejseapparat/gasbrænder.

Der skulle være tilstrækkeligt overlap mellem banerne, og kunsten var lige at give pappet den rette varme, så det hæftede rigtigt – uden at flammen smeltede hul i tagpappet!!

Da jeg mange dage efter var færdig med den øvelse, ja, så skulle stenene på plads, OG så skulle tagstenene fra den anden side flyttes over på den færdige halvdel, og der skulle svejses lange baner osv. osv...

Jeg havde aldrig rodet med tagpap eller gasbrænder før.

I dag har jeg det med taget på Hirseager på samme måde som med salget af huset i Frederiksværk, jeg fatter ikke, at jeg turde! Begge missioner lykkedes heldigvis.

Ellers var perioden i midten af 90'erne og derefter præget af mange rejser. Vi var typisk af sted 3 gange om året.

Derudover stod den på venner, fester og arbejde, indtil vi blev optaget af andre ting.

Til en afveksling syntes vi, der skulle ske noget nyt, og denne gang noget, vi ikke havde prøvet før.

Mine utallige bilskift havde Bodil en fantastisk tålmodighed over for. Hun syntes på forunderlig vis, at det da var i orden, så vi har vel – uden overdrivelse – haft mellem 30 og 40 biler i de 46 år, vi var sammen.

Det var biler af alle slags, dyre, smarte, sporty eller fornuftige og store og små.

Vi har ikke haft SAAB eller Trabant, men ellers vil jeg mene, vi har prøvet langt de fleste!

Men det var ikke endnu en BMW, eller hvad jeg ellers kunne finde på,

NEJ da,

Der var andre ting, der optog os...

18

det ny årtusinde

Vi ville bygge et nyt hus! Nyt som i spritnyt! Og Bodil var vild med tanken.

Der var kommet en ny udstykning et par kilometer væk på et skrånende areal, som gav en fin udsigt over det meste af 'Upper-Bredballe' området.

Grunden var forbavsende billig, og da vi var hurtige til at beslutte os, fik vi valgt den bedste grund af dem alle – efter vores opfattelse i hvert fald.

Vi fik efter grundige, meget grundige, overvejelser fundet ud af størrelse, form og udstyr i huset, og – ikke mindst, hvem der skulle bygge.

Det blev den lokale byggematador Preben Jørgensen, der var en meget speciel ældre størrelse, men kvaliteten af byggeriet var efter sigende god nok, og det var udslagsgivende.

Det blev et traditionelt rødstenshus med et langt udhæng mod syd, der fint fungerede som overdækket terrasse.

Det var kun 118 m2, men hvad skulle vi to dog med mere plads?

Bodil havde jo - som i Frederiksværk og i Hundested - sørget for, at også huset på Hirseager var ekstremt velholdt ude og inde, så vi fik en rigtig god pris for det. Så det blev på ingen måde økonomisk anstrengende at flytte i nybygget hus.

Overtagelsesdagen passede også perfekt, så i det ny årtusinde – efteråret 2000 – flyttede vi i nybygget hus på Hindbærhaven.

Ventetiden havde været uudholdelig, fordi vi glædede os som små børn, og fordi det var så tæt på, at vi kunne følge byggeriet dag for dag og ind imellem følte, at der absolut intet skete.

19

det gode liv

De næste mange år tænker jeg tilbage på som det gode liv...

Vores børn var godt i vej, godt afsat, klarede sig selv.

Vores økonomi var upåklagelig. Vi var begunstigede og skulle aldrig tænke over, hvad tingede kostede. Det var slet ikke nødvendigt at købe på tilbud!! Men vi fortsatte nu med det alligevel!

Vi boede i et nybygget hus, som vi selv havde valgt.

Vi fik så lige efter få år lavet en tilbygning på huset, jeg selv havde tegnet og bestemt materialer osv. Den slap vi helt godt fra. Der skulle jo lige ske lidt ind imellem, og vi 2 gamle havde da helt naturligt nok brug for mere plads!!

Helbredet var i store træk til at leve med, bortset fra Bodils leddegigt, der ind imellem var slem.

Og så kom børnebørnene nærmest på stribe!! De første 5, Alfa, Milla, Mingus, Marcus og Dante indenfor en relativ kort periode og til sidst Bodils kæledægge, efternøleren Noah, som blev født på den dato, hvor Bodil og jeg blev gift, og det blev vi på den dato, vi mødte hinanden, 22/11. Alene derfor var han noget særligt.

Det var en utrolig glæde at blive bedsteforældre til 6 raske unger og se familien på den måde vokse sig stor.

I slutningen af 2016 købte vi en projektlejlighed på havnen i Vejle, der skulle stå færdig i oktober 2017. Huset blev solgt på én dag i januar 2017, og køberne var med på den sene overtagelse.

Lejligheden blev færdig til tiden, og vi flyttede forventningsfulde ind i vores luksusbolig.

Der var udsigt til Vejlefjordbroen og lystbådehavnen mod øst og mod industrihavnen og Midtbyen mod syd fra de to store altaner.

Året efter tog Bodils alvorlige sygdom fart, og hun døde den 23. oktober 2019.

Jeg er så uendelig ked af, at jeg ikke undervejs forstod at sætte bedre pris på vores 46 dejlige år sammen. Jeg tog alt for meget for givet.

Jeg skulle have nydt de utallige smukke og gode øjeblikke med Bodil i stedet,

Jeg skulle være stoppet op et kort øjeblik hver eneste dag og nydt, at vi var

lykkelige i den tid, vi fik sammen

lykkelige i al den tid vi var vi...

små

epiloger

af

forskellig

art

MILLA 18 ÅR

4. juni 2020

Min søde, søde Milla!

Du ved, jeg ville have elsket at være hos dig i dag, at være med til din fest.

Jeg drømte altid om at kunne være til stede på din 18 års dag, at kunne følge dig i gymnasiet og senere hen – være med til dit bryllup!

Åh, hvor ville jeg have elsket det!

Du har altid været så tæt på mit hjerte – måske fordi, jeg har været så heldig at have dig boende tæt på mig.

Derfor har vi haft en særlig tilknytning, vi to.

Det var altid mig, du talte med, fordi du vidste og følte, at jeg lyttede og var interesseret i alt det, du foretog dig og kunne fortælle om.

Jeg havde jo tiden til det – i modsætning til dine fortravlede forældre, som du følte ikke havde tid til at høre på dig.

Desværre ville skæbnen det anderledes, og jeg har måttet tage afsked med Jer alle sammen – meget mod min vilje.

Jeg må nøjes med at følge dig på afstand.

Og det vil jeg så - hele dit liv.

Jeg vil følge dig og passe på dig, så godt jeg nu kan - altid!

Min søde skat! Jeg ønsker dig alt det bedste i livet.

Du er en klog pige, så jeg ved, at du vil klare dig godt

Kærlig hilsen

Din Mormor

Kære Milla

Sådan tror jeg det ville have formet sig, hvis din mormor havde kunnet skrive en kortfattet tale til dig derfra, hvor hun er nu.

Inden hun blev syg, talte hun om de mærkedage og milepæle i familien, hun så frem til.

Din fødselsdag og især dit bryllup var nogen af dem, hun talte meget om.

godnat til alle I store og små

(taler til mørket hver nat inden jeg sover)

Godnat lille Molli

Kan du sove godt?

Godnat min elskede Bodil

Jeg savner dig og elsker dig

så forfærdeligt

Nu skal du passe på os alle sammen

På mig, Sarah, Mikkel og alle de andre i familien

og vores lille Molli

Det er din opgave nu, når du nu ikke kan være hos os mere.

Godnat, min søde skat

min store kærlighed...

mine dage

Der er rigtig fine dage

og der er gode dage

Der er dårlige dage

og rigtig triste dage

Men ingen normale dage

ingen dage der er som før

De kommer ikke tilbage

De kommer aldrig igen

Til dig

Min søde skat

Vi har haft et dejligt liv sammen, og selv om jeg har gjort mit bedste, kan jeg slet ikke beskrive, hvor vidunderligt, det har været...

Det skal opleves, og det gjorde vi heldigvis sammen, du og jeg.

Jeg ville ikke gøre noget om. Vi var hele vejen rigtig gode til at træffe de rigtige valg for os to – sammen!

Jeg har været usandsynlig heldig, at det var dig – af alle mennesker – jeg fandt og blev forelsket i, og jeg undrer mig den dag i dag stadig over, hvad det var, du så i mig – du kunne jo vælge på alle hylder!

Du sagde altid spøgefuldt, at det var fordi du regnede med, at jeg ville komme til at tjene rigtig mange penge, så jeg kunne forsørge dig, men at du jo tog gruelig fejl!

Ægte rige blev vi aldrig, men vi kom aldrig til at mangle noget.

Jeg har altid beundret dig som menneske.

Du var et afbalanceret menneske, der var i harmoni med dig selv. Rolig og altid med overskud – og aldrig i dårligt humør.

Du var den, som familien samledes om, det samlende led.

Smilende og imødekommende var du altid, men samtidig en pige med kant. Du gjorde bestemt ikke noget du ikke havde lyst til. Der var grænser for galskaben!

Folk kiggede, når du trådte ind i lokalet – du var altid skide smart, så de skulle lige lure, hvad du nu havde taget på den dag

Folk lyttede, når du sagde noget – jeg gjorde i hvert fald – hver gang!

Du har altid haft udstråling, altid virket selvsikker – også når du ikke var det.

Ikke kun tøjet var smart, makeup'en, smykkerne og vores indretning af bolig - alt udviste en sikker smag, som jeg på alle måder nød godt af at se på.

Du holdt kadencen på alle områder, indtil helbredet begyndte at svigte.

Selv vores humor passede sammen... Hold kæft, hvor har vi haft det skægt sammen!!

Jeg tror også, at det undervejs er lykkedes os at lære ungerne værdien af et godt grin.

Der har naturligvis været triste stunder, når vi har mistet, men der har virkelig aldrig været et kedeligt øjeblik i de 46 år.

Hvem andre kan med overbevisning sige det?

Men Bodil! Næste gang vil jeg altså dø først!

Det er så ganske forfærdeligt at sidde tilbage med smerten og afsavnet, at være den, der er ladt alene tilbage.

Vi ses min ven...

Kærlig hilsen

Din mand

Palle

Vores rum

Jeg lukker ingen døre bag mig

Alle døre jeg går igennem

efterlader jeg på klem

Antallet af rum jeg har passeret

er uendeligt

Alle rum er forskellige i styrke

i farve og intensitet

i indhold og smerte

Alle rum er minder

om dig og dit liv

med mig

de rummer endnu ingen glæde

over alle de år

vi var sammen

Jeg mærker kun sorgen

over at have mistet dig

min store kærlighed

Mit lys er slukket

Jeg har set mit livs lys blive slukket

Jeg har skrevet om hende

mit lys

mit livs store kærlighed

Jeg har slidt min sjæl

brugt alt mit krudt

til jeg følte

jeg mistede min forstand

Hvad er der så for mig nu?

Skal jeg dø nu?

Jeg er så inderlig træt

så tanken er hverken fjern

eller skræmmende

Kommer der en ny tilværelse?

og hvordan vil det ske?

Vil den komme af sig selv

eller skal man opsøge den

og hvordan?

Eller skal man kæmpe for at få den

og hvordan?

Jeg starter jo fra nul

Bagud på point

Jeg er jo ikke den udadvendte

opsøgende og talende

med den naturlige sødme

og imødekommenhed

Jeg er den kølige

tilbagetrukne

med overblikket

der lige nu ikke har overblik

over noget som helst

Det er op ad bakke

umuligt at overskue

eller håndtere

Jeg søger efter et ståsted

at finde et fodfæste

Tumler forvirret rundt

i mit mørkeland

Der er ingen hjælp at hente

for slet ingen fatter jo

hvordan jeg har det...

Tak fordi du læste min bog. Jeg vil blive rigtig glad, hvis du vil streame denne sang og tænke på Bodil, mens du afspiller den...

Three Times a Lady

Thanks for the times that you've given me
The memories are all in my mind
And now that we've come to the end of our rainbow
There's something I must say out loud
You're once, twice, three times a lady
And I love you
Yes, you're once, twice, three times a lady
And I love you
I love you
You've shared my dreams, my joys, my pains
You've made my life worth living for
And if I had to live my life over again
I'd spend each and every moment with you
You're once, twice, three times a lady
And I love you
Yes, you're once, twice, three times a lady
And I love you
I love you
When we are together, the moments I cherish
With every beat of my heart
To touch you, to hold you, to feel you, to need you
There's nothing to keep us apart
You're once, twice, three times a lady
And I love you
You're once, twice, three times a lady
And I love you
Yes, you're once, twice, three times a lady
I love you
I love you